NOTRE-DAME DU LAUS

PAR UN MISSIONNAIRE

Béni soit le Père céleste qui a
choisi ce lieu pour la conversion
des pécheurs ; que le Seigneur
bénisse tous ceux et celles qui
viendront ici l'adorer.

(Chant des Anges dans l'église du
Laus, le 25 décembre 1700.)

GAP

C. RICHAUD, Imprimeur-Éditeur

Rue de Provence

1891

NOTRE-DAME DU LAUS

NOTRE-DAME DU LAUS

Béni soit le Père céleste qui a
choisi ce lieu pour la conversion
des pécheurs ; que le Seigneur
bénisse tous ceux et celles qui
viendront ici l'adorer.

(Chant des Anges dans l'église du
Laus, le 25 décembre 1700.

SANCTA MARIA LACENSIS

GAP

J.-C. RICHAUD, Imprimeur-Libraire, rue de Provence

—

1890

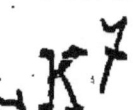

NOTRE-DAME DU LAUS

Vierge couronnée au nom de S. S. Pie IX, le 23 mai 1855

APPROBATION

Nous avons pris connaissance, avec un vrai intérêt, de l'Opuscule intitulé : *Notre-Dame du Laus*. L'édification qu'en recevront les âmes pieuses nous engage à lui donner notre entière approbation, et à en recommander instamment la lecture. Tout y parle des miséricordes de Dieu et de la maternelle sollicitude de Marie envers les pauvres pécheurs.

En contribuant à faire connaître un des pèlerinages les plus populaires et le mieux établi sur des bases historiquement incontestables, cet ouvrage augmentera parmi les fidèles la dévotion envers la très Sainte Vierge, de toute la confiance qu'inspire le titre de *Refuge des Pécheurs* que la Mère du divin Sauveur a voulu prendre à Notre-Dame du Laus.

Nous espérons qu'il multipliera les retours vers Dieu et vers les pratiques chrétiennes sans lesquels il n'y a pas de salut pour la société.

Gap, le samedi 31 mai 1890.

† PROSPER-AMABLE.

Ev. de Gap.

DÉCLARATION

Pour nous conformer au décret du Pape Urbain VIII, nous déclarons que, si quelquefois il nous arrive de donner le titre de SAINTE à la Vénérable sœur Benoîte, nous ne le faisons que d'après les usages reçus parmi les fidèles, qui donnent cette qualification aux personnes recommandables par leurs vertus ; que nous ne voulons en rien devancer les décisions de l'Eglise ; que nous n'attribuons qu'une foi humaine aux faits merveilleux que nous publions ; et qu'enfin nous soumettons purement et simplement le présent livre *(Notre-Dame du Laus)* au jugement et à la correction de la Sainte Eglise Catholique, Apostolique et Romaine.

PRÉFACE

—◦◦◦—

Depuis longtemps, les pèlerins demandaient une Notice sur le Pèlerinage de Notre-Dame du Laus, où se trouveraient réunies les principales merveilles dont ce vallon privilégié a été le théâtre, et dont la lecture plus facile, et le prix très modique permettraient de faire connaître partout les prodiges de grâces qui ont illustré ces montagnes de nos Alpes

Nous avons cru devoir entreprendre cette œuvre jugée si utile et en même temps très facile. L'Histoire des Merveilles de N.-D. du Laus, de M. le chanoine Pron ; la Lettre pastorale de Mgr Guilbert, alors évêque de Gap, décédé cardinal, archevêque de Bordeaux, le 15 août 1889 ; les Annales du Laus ; les Cinquante-quatre ans d'apparitions de la Sainte Vierge à sœur Benoîte, de M. l'abbé Juge, nous fournissaient, en dehors de nos manuscrits, des pages toutes prêtes où les merveilles de ce Sanctuaire se trouvaient racontées avec tout le charme qui leur convient.

Grâce au concours d'un artiste chrétien (1), attaché à la

_____

(1) M. Jules de Magallon, membre de l'Académie d'Aix en Provence, dont les œuvres ont été reçues au Salon (année 1882) et qui travaille à l'illustration de la belle Histoire des Merveilles de Notre-Dame du Laus, de M. le chanoine Pron.

DÉCLARATION

Pour nous conformer au décret du Pape Urbain VIII, nous déclarons que, si quelquefois il nous arrive de donner le titre de SAINTE à la Vénérable sœur Benoîte, nous ne le faisons que d'après les usages reçus parmi les fidèles, qui donnent cette qualification aux personnes recommandables par leurs vertus ; que nous ne voulons en rien devancer les décisions de l'Eglise ; que nous n'attribuons qu'une foi humaine aux faits merveilleux que nous publions ; et qu'enfin nous soumettons purement et simplement le présent livre (Notre-Dame du Laus) au jugement et à la correction de la Sainte Eglise Catholique, Apostolique et Romaine.

PRÉFACE

Depuis longtemps, les pèlerins demandaient une Notice sur le Pèlerinage de Notre-Dame du Laus, où se trouve-raient réunies les principales merveilles dont ce vallon pri-vilégié a été le théâtre, et dont la lecture plus facile, et le prix très modique permettraient de faire connaître partout les prodiges de grâces qui ont illustré ces montagnes de nos Alpes

Nous avons cru devoir entreprendre cette œuvre jugée si utile et en même temps très facile. L'Histoire des Merveil-les de N.-D. du Laus, de M. le chanoine Pron ; la Lettre pastorale de Mgr Guilbert, alors évêque de Gap, décédé cardinal, archevêque de Bordeaux, le 15 août 1889 ; les Annales du Laus ; les Cinquante-quatre ans d'apparitions de la Sainte Vierge à sœur Benoîte, de M. l'abbé Juge, nous fournissaient, en dehors de nos manuscrits, des pages toutes prêtes où les merveilles de ce Sanctuaire se trou-vaient racontées avec tout le charme qui leur convient.

Grâce au concours d'un artiste chrétien (1), attaché à la

---

(1) M. Jules de Magallon, membre de l'Académie d'Aix en Provence, dont les œuvres ont été reçues au Salon (année 1882) et qui travaille à l'illustration de la belle Histoire des Merveilles de Notre-Dame du Laus, de M. le chanoine Pron.

Bonne Mère du Laus par les liens d'un amour vraiment filial, cette Notice sera ornée d'un certain nombre de gravures, qui, reproduisant quelques-unes des scènes si touchantes dont l'histoire du Laus est remplie, ne feront qu'en rendre sa lecture plus attrayante.

A vous maintenant, Notre-Dame du Laus, qui faisiez dire par votre céleste messager que l'histoire du Laus était agréable à Jésus et à Marie, à vous de bénir ce petit livre, de le faire arriver aux pauvres âmes blessées par le péché et qui soupirent après leur guérison, afin que ces chères âmes, connaissant désormais cette source abondante de grâces que vous avez fait jaillir dans nos montagnes des Alpes, viennent y trouver la vie surnaturelle et le bonheur.

Notre-Dame du Laus, ce 2 octobre, fête des Saints Anges.

NOTRE-DAME DU LAUS

CHAPITRE Ier

Saint-Étienne & la Vénérable Sœur Benoîte
Son enfance (1647-1664)

Le pèlerinage de Notre-Dame du Laus, dont nous allons écrire une courte notice, se trouve situé dans le département des Hautes-Alpes, qui forme aujourd'hui le diocèse de Gap.

C'est la Sainte Vierge elle-même qui a daigné venir du ciel le fonder, le 29 septembre 1664, comme nous le raconterons plus loin. Ainsi que Dieu choisit habituellement ce qu'il y a de plus faible au monde pour opérer les œuvres de sa puissance, de même Marie emploiera, pour établir au Laus l'un des plus remarquables pèlerinages de l'univers, une pauvre fille de village, qui reçut au baptême le nom de *Benoîte*.

La Vénérable (1) Sœur Benoîte est née le 29 septembre 1647, à Saint-Etienne, petit village situé dans la vallée

(1) Elle a été déclarée *Vénérable*, le 7 septembre 1871, par Pie IX.

de l'Avance, à quelques kilomètres de Gap, chef-lieu du département des Hautes-Alpes. A cette époque, comme aujourd'hui, Saint-Etienne ne comptait guère que quarante feux. C'était un fief de la baronnie d'Avançon, une paroisse de l'archidiocèse d'Embrun, une commune ou, comme l'on disait alors, une communauté du district ou du baillage de Gap. Aujourd'hui, la commune appartient au canton de la Bâtie-Neuve, et la paroisse au diocèse de Gap. Saint-Etienne n'a jamais connu ni la prospérité, ni l'opulence. Quelques terres où les habitants récoltent juste le blé nécessaire pour vivre, quelques vignes sur les coteaux voisins qui leur fournissent un vin assez agréable, mais dont la quantité n'est pas assez abondante pour devenir une source de richesse, forment le principal revenu du pays. Rien de plus humble que ce pauvre village, et cependant c'est là que Dieu a placé le berceau de la Vénérable Sœur Benoîte.

Son père s'appelait Guillaume Rencurel, et sa mère Catherine Matheron. Dans un état bien voisin de l'indigence, ils n'avaient pour vivre que quelques parcelles de terre et le travail de leurs mains ; mais ils étaient chrétiens fervents, catholiques pieux, et ils trouvaient dans leur foi soumise et leur religion bien pratiquée de quoi suppléer aux richesses et se consoler de leur pauvreté.

L'enfance de Benoîte s'écoula sous le toit de sa pauvre chaumière, et au sein d'une pauvreté laborieuse et résignée. Mais les qualités qui devaient distinguer plus tard la pieuse enfant se développaient aussi vite que sa constitution physique ; les parents n'eurent qu'à seconder la nature, ou plutôt l'esprit de Dieu qui la préparait aux grandes choses que nous admirerons plus tard. Toute l'éducation de cette petite fille se fit sur les genoux de sa mère et fut d'une extrême simplicité. Etre bien sage et bien prier Dieu, c'est tout ce que la bonne femme put recommander à sa Benoîte ; pour prier Dieu, elle n'eut que le *Pater*, l'*Ave Maria* et le *Credo* à lui apprendre : c'était toute la science de la mère, ce devait être toute celle de la fille. La Sainte Vierge lui apprit plus tard ses litanies avec une amende honorable au Saint-Sacrement. Nos manuscrits sont là pour nous dire comment la pieuse enfant sut mettre de bonne heure en pratique les courts avis de sa mère et, à l'exemple de son divin Maître, croître en sagesse devant Dieu et devant les hommes. Sa précocité fut remarquable. A trois ou quatre ans, elle donne des signes d'une sagesse hâtive. A un âge, où les autres enfants ne rêvent que jeux et n'attirent l'attention que par leur légèreté, elle semble n'avoir plus rien de puéril et, avec une maturité au-dessus de cet âge, elle remplit, auprès de sa famille, l'office d'ange tutélaire. Le mal lui inspire une répulsion si naturelle, si instinctive, qu'elle paraît le deviner. Lorsque des hommes pervers trament contre la fortune, déjà si restreinte, de ses parents, des projets inspirés par une cupidité malhonnête, elle semble lire sur leurs visages, et aussitôt elle court en avertir sa mère : « Mère, dit-elle, tenez-vous cachée ; il y a des gens qui viennent exprès pour vous prendre vos papiers et d'autres choses, s'ils le peuvent. »

Cette perspicacité surhumaine, qui lui fait aujourd'hui protéger les biens matériels de sa mère contre d'astucieux ravisseurs, lui fera, dans quelques années, sauvegarder les biens les plus précieux de son âme, son honneur et sa vertu. Lorsqu'un homme, le sourire sur les lèvres, une bourse à la main, et dans d'abominables desseins, abordera sa mère, devenue veuve : « Portez ailleurs votre argent, lui dira la jeune vierge, nous n'en avons pas besoin ici. »

Comme sa mère, n'ayant plus son époux, se lamentait de sa trop grande indigence et craignait, à la vue de ses enfants si jeunes, de ne pouvoir gagner le pain nécessaire à leur existence, la petite Benoîte, avec son âme pleine de foi et de piété, aimait à lui redire souvent ces admirables paroles : « Ne vous affligez pas : Dieu et sa Sainte Mère nous assisteront. »

Tant de sagesse et de vertu, d'un âge si tendre, ravissaient les parents de Benoîte. Comme ceux du précurseur du Messie, ils auraient pu se dire : *Que pensez-vous que sera cet enfant?* Mais ne pouvant ni prévoir, ni se persuader que Dieu pût regarder leur bassesse et préparer dans leur famille, un instrument de ses miséricordes, ils se contentaient d'admirer l'œuvre de la grâce dans cette âme si docile.

Benoîte fut privée de cette instruction élémentaire que reçoivent aujourd'hui les enfants du dernier hameau ; elle ne sut ni lire ni écrire. D'où provenait cette lacune si grande dans l'éducation de cette enfant? Les historiens constatent le fait, mais gardent le silence sur sa cause. Doit-on en accuser ses parents? Nous ne le croyons pas. L'histoire nous les représente comme des parents modèles, incapables dès lors de manquer à un devoir si essentiel. On ne peut donc attribuer cette ignorance de Benoîte qu'à la grande pauvreté des auteurs de ses jours et aux grandes afflictions qui, de bonne heure, vinrent fondre sur la pauvre chaumière.

A sept ans, Benoîte vit la mort lui ravir son père. Elle resta avec deux sœurs, dont l'une était son aînée et avec sa mère désolée, tombant dans l'indigence, car, dès les premiers jours de son veuvage, cette malheureuse femme fut dépouillée de ses biens par de cruels créanciers. On comprend que, dans une situation si gênée, la mère de Benoîte n'ait pu faire la moindre dépense pour l'instruction de ses petites filles. D'ailleurs, chacune de ses enfants fut obligée, pour vivre, de travailler de bonne heure selon ses forces, et la jeune Benoîte, ne pouvant faire autre chose, se constitua bergère du petit troupeau qui restait encore à sa mère.

Mais si la pauvre fille devait rester étrangère aux règles de la grammaire et du calcul, son intelligence fut ornée de bonne heure de toutes les connaissances religieuses. Elle suivait avec une assiduité parfaite les catéchismes que faisait le prieur; elle écoutait avec une sainte avidité les prônes de chaque dimanche; son attention redoublait surtout quand son curé parlait des amabilités de la Sainte Vierge. Son cœur s'embrasait alors d'amour pour cette divine Mère, et elle éprouvait un immense désir de la voir : « Mais, disait-elle aussitôt, comment la Mère de Dieu se montrerait-elle à une si indigne pécheresse? » — Nous verrons plus tard comment la Sainte Vierge, qui excitait elle-même ces pieux désirs, sut largement les satisfaire.

La petite Benoîte, qui mettait tant de bonheur à s'instruire des vérités de la foi, devait se disposer saintement à sa première communion. Il est vrai que nous ne pouvons rien dire de précis sur cet acte important de la vie de la pieuse fille, car aucun historien n'en parle. Nous ignorons même l'âge où elle fut admise à recevoir pour la première fois le Dieu de nos tabernacles. Mais si l'histoire ne nous apprend rien d'un si grand événement, nous pouvons facilement supposer avec quelle ardeur elle soupira après un si beau jour et avec quels sentiments d'a-

mour et de reconnaissance son cœur s'ouvrit, pour la
première fois, à la visite de son Dieu. Que de grâces dut
lui apporter, à son tour, le Jésus qui *fait ses délices d'être
avec les enfants des hommes;* avec quelle complaisance il
dut habiter dans un cœur si pur et si innocent !

Nous avons dit que Benoîte, dès l'âge de sept ans, se
fit bergère. Quelque bas que fût le métier de gardeuse de
brebis, c'était encore pour Benoîte une consolation que
de l'exercer dans la maison de sa mère ; mais le moment
arriva où il lui fallut quitter le toit paternel, pour aller
se mettre au service d'un étranger. D'un côté, sa plus
jeune sœur était en âge de la remplacer auprès du petit
troupeau de la famille ; de l'autre, la pénurie se faisait
sentir de plus en plus à la chaumière. La pauvreté habituelle était aggravée par une disette, suite de plusieurs
mauvaises récoltes. Malgré les secours nombreux distri-
bués dans tout le pays par Monseigneur d'Aubusson,
archevêque d'Embrun, les misères allaient chaque jour
croissant, et Benoîte dut songer à se mettre en condition
pour soulager la famille.

Ce dévouement aux intérêts domestiques fut pour elle
une source de grands sacrifices : il lui fallut s'arracher
aux tendresses de sa mère, aux attentions affectueuses de
ses sœurs, à tous les charmes de la famille, pour n'être
plus que la servante de maîtres qui pouvaient être indifférents et peut-être égoïstes et durs.

Benoîte avait douze ans quand elle se vit ainsi obligée
de descendre d'une condition déjà si humble à un état
plus modeste encore. Obéissante et résignée, elle franchit
sans murmure le seuil paternel, demandant, pour toute
faveur, à sa mère de vouloir bien lui acheter un chapelet. La pauvre enfant espérait, à bon droit, trouver dans

la prière de quoi se consoler au milieu de ses peines, et la force de supporter, sans faiblir, cette nouvelle épreuve. Comme bien on le pense, la mère n'eut garde de refuser à sa fille ce pieux talisman.

Louis Astier fut le premier maître de Benoîte : il apprécia les qualités de la jeune Bergère, et volontiers il aurait consenti à lui confier pour longtemps la garde de son troupeau ; mais la mort le frappa avant la fin de la première année. Sa femme désolée, chargée d'une nombreuse famille et pressée par la famine qui devenait de plus en plus cruelle, fut obligée de n'accepter les services de Benoîte que pour la moitié du temps. La Bergère se mit, pour le reste, à la disposition d'un deuxième maître, Rolland. Elle passait alternativement une semaine chez chacun d'eux, recevant ainsi tantôt de l'un, tantôt de l'autre, le morceau de pain de chaque jour.

Il y avait entre les deux maîtres de la jeune Bergère des différences fort sensibles. Rolland, sans être riche, était plus à l'aise que la veuve Astier. Il pouvait donner à la Bergère un pain plus abondant et il le faisait. La veuve, qui avait six enfants et peu de ressources, avait de la peine, nous disent les manuscrits, à avoir du pain pour toute sa famille. Cependant elle aimait mieux souffrir la faim et voir ses enfants en souffrir aussi plutôt que de sentir Benoîte manquer de rien. Cette pauvre veuve donnait toujours à la Bergère le peu de pain qu'elle avait, de peur qu'elle ne mourût de faim à la campagne en gardant ses moutons. Benoîte, au cœur tendre, ne se laissera pas vaincre en générosité : après l'avoir reçu, sans mot dire, elle distribuait secrètement ce pain aux enfants de sa maîtresse. Ils étaient six ; elle donnait tout. Elle se consolait en disant : « Oh ! c'est bien assez que je

mange la semaine prochaine chez mon autre maître. »
Elle allait ensuite, avec ses deux troupeaux, promener
son jeûne au grand air. Elle revenait à jeun, et se couchait de même, pour recommencer le lendemain, et cela
pendant sept jours : c'était trop........ le sang lui jail-
lisait du nez et de la bouche....... Les anges de la
solitude ont dû pleurer en voyant couler ce sang si pur !
Ces morceaux de pain étaient des morceaux de sa vie que
les petits faméliques mangeaient sans même le comprendre. La pauvre enfant ne le comprenait pas davantage,
mais elle trouvait dans la prière une nourriture assez
substantielle pour donner à son âme la force d'imposer
au corps ces privations cruelles.

Cet acte héroïque n'est pas le seul qu'ait enfanté la
charité de Benoîte : elle était coutumière du fait ; c'est,
du reste, ce que nos manuscrits affirment d'une manière
explicite : « Ce qu'elle a fait en faveur des enfants de sa
maîtresse, elle l'a pratiqué, dans d'autres circonstances.
encore, envers ses compagnes, leur donnant, lorsqu'elles
avaient faim, le pain qu'elle portait en gardant ses moutons. » Mais la petite Benoîte ne donnait pas que du pain ;
avec son cœur et son rosaire, elle donnait des gémissements et des prières à tous les malheurs dont elle avait
connaissance. Elle apprend un jour qu'une femme est
gravement malade (elle avait perdu la parole avant d'avoir
pu appeler un prêtre); touchée de ce pitoyable état, Benoîte réunit ses compagnes : « Venez, dit-elle, allons
dire le rosaire pour cette malade. » Les voilà récitant le
chapelet avec un entrain qu'anime la ferveur de la bergère. Leur prière n'est pas terminée que la malade recouvre la parole, et le premier usage qu'elle en fait est de
remercier la troupe enfantine qui arrive près d'elle, et

en particulier Benoîte qu'elle proclame la plus belle du village.

Aux actes de ferveur, la pieuse Bergère savait aussi joindre l'exhortation ; elle parlait si bien de Dieu, du paradis, de l'enfer, que les plus opiniâtres y étaient pris. Ainsi Jean Rolland, l'un des maîtres qu'elle servait et dont nous avons déjà parlé, était un homme violent, emporté ; il commandait plus avec le poing qu'avec la raison et les bonnes paroles. La petite Bergère lui reproche ses colères, lui rappelle les devoirs de l'amour de Dieu, lui représente la rigueur des jugements divins et l'éternel désespoir des réprouvés ; mais elle le fait avec un accent si inspiré, avec une douceur si angélique, que cet homme s'apaise soudain, quand l'humble Bergère l'interpelle ; « Jamais, disent les manuscrits, il n'osa s'emporter contre cette petite fille ; » ce n'est pas tout : vaincu par l'éloquence de sa candide et vertueuse Bergère, il finit par rentrer en lui-même et, à la grande édification de tout le pays, il se convertit sérieusement.

Après la charité, la vertu qui brillait le plus dans Benoîte fut la pureté ; cela se comprend, l'amour ne peut devenir une ardeur divine qu'à une condition : c'est qu'il soit pur : nous n'en voudrions pas d'autre preuve pour croire à la pureté de l'orpheline. Mais elle en a donné d'autres. Avant l'âge de sept ans, l'auréole de cette aimable vertu rayonnait déjà si visiblement sur son front que son père en avait été réjoui. « Voilà une fille, disait-il gaiement, qui ne me coûtera pas beaucoup à marier. » Mais deux faits, que nos manuscrits racontent au long, vont nous montrer son grand amour pour cette vertu angélique.

Pour obéir à son maître, la petite Benoîte gardait les

moutons avec un enfant de son âge, d'ailleurs fort pieux, doux et modeste, appelé Joseph Souchon. Or, il arriva qu'au temps des fruits cet enfant allait en prendre et en donnait à Benoîte : elle ne put le souffrir : « Hors sus ! dit-elle, il faut se séparer, nous offensons Dieu ; quand nous serons seuls, nous le servirons mieux, nous éviterons de l'offenser et nous n'irons pas manger les fruits des gens. »

Non loin de Saint-Etienne, à égale distance, à peu près, de ce village et du hameau des Chausses-Noires, appartenant à la commune d'Avançon, sur le bord de la route, se trouve une source, autrefois très abondante, aujourd'hui un peu diminuée, mais toujours très limpide. Cette source est appelée Font-Claire et a donné son nom au quartier. A peu de distance de l'endroit où elle jaillit, et tout près de la petite rivière de l'Avance, l'on voit un marais large et profond qui, au printemps et en automne, se transforme en véritable lac.

Or, un jour que Benoîte gardait son troupeau dans les environs de cette source, elle vit venir, sur le chemin, deux hommes conduisant des mulets chargés de vin. L'endroit est assez solitaire. Les deux muletiers eurent la coupable pensée de profiter de cet isolement pour attenter à la vertu de la pauvre Bergère : ils s'imaginaient sans doute qu'une enfant de cette condition et de cet âge n'oserait pas opposer, à leurs infâmes desseins, une résistance sérieuse.

Ces malheureux comptaient sans la vertu de la jeune vierge et sans la main céleste qui la protégeait. En voyant ces hommes venir vers elle, la Bergère, toujours en éveil, pénétra leurs pensées : soudain elle se dirige en courant du côté du marais. Pauvre enfant ! Ne va-t-elle pas se mettre dans l'impossibilité d'échapper à ses ravisseurs? Pourquoi fuir de ce côté-là et non du côté du village? L'innocente enfant n'a pas eu le temps de faire ce raisonnement; elle n'a pensé qu'à fuir et à prier Dieu de la sauver. Et tandis que les infâmes se promettent bien de la voir arrêtée par les eaux, elle fuit toujours, dût-elle y perdre la vie; mais, ô prodige! les eaux se consolident sous ses pieds, et elle court à travers l'étang comme sur la terre ferme sans même mouiller le bas de sa robe. Les misérables qui, déjà, ont de l'eau jusqu'aux genoux, s'aperçoivent que leur victime est protégée par le ciel et qu'en vain ils s'obstineraient à la poursuivre. Ils s'arrêtent, et saisis de confusion à la pensée de leur criminelle entreprise, ils rentrent en eux-mêmes, demandent pardon à Dieu et publient partout le prodige que vient de provoquer leur honteuse conduite. C'est ainsi que Benoîte, à quatorze ou quinze ans, était décidée à mourir dans les eaux plutôt que de perdre sa vertu.

C'est avec cette prudence, au-dessus de son âge, et cette vertu solide que Benoîte arrivait au moment où elle devait entrer en relations des plus intimes avec le monde surnaturel. Avant de la suivre dans cette nouvelle phase de son existence, arrêtons-nous un instant pour parler du vallon du Laus qui sera le théâtre de toutes les merveilles que nous aurons à raconter. Maintenant que nous connaissons l'instrument dont va se servir la Reine du Ciel pour établir l'un des plus grands pèlerinages du monde, il est bon de connaître le lieu qu'elle choisira pour fonder cette œuvre de tendresse et de miséricorde.

CHAPITRE II

Le Laus

Chapelle de Notre-Dame de Bon-Rencontre

Qu'on se figure un petit bassin riant et fertile, jeté comme une nappe, depuis le sommet du coteau arrondi qui s'élève sur la plaine jusqu'au flanc d'une haute montagne qui le domine et l'encadre en demi-cercle de ses rochers à pic et de ses forêts suspendues sur des ravins. Abrité des vents du nord et de l'ouest par cette magnifique enceinte, il étale paisiblement au soleil sa riche parure de bosquets, de moissons et de plantes alpines, entre deux ravins creusés par les eaux. La végétation y est vigoureuse et précoce, l'air pur, et les fleurs belles. On ne peut faire un pas sans rencontrer des plantes aromatique aux pétales bleus et d'une essence exquise, dont l'une surtout, rare sur les autres montagnes, rappelle la Judée : l'hysope, chantée par David. Un horizon, clos de tous côtés par des montagnes boisées, derrière lesquelles se dressent des crêtes ardues, quelquefois blanchies par les neiges, repose délicieusement la vue et remplit l'âme d'un religieux saisissement. A la réserve de quelques habitations réunies en groupe ou dispersées çà et là, tout est silencieux et solitaire, de près comme de loin

Un lac, maintenant desséché, occupait le fond du bassin, et lui a laissé son nom : *Laus*, prononcé selon le

VUE GÉNÉRALE DU LAUS

génie de l'idiome des montagnes *Laous*, veut dire LAC ;
c'est le mot *lacus* avec l'élision du c. — D'ailleurs nos
montagnards ne disent pas Notre-Dame de la Laus, mais
bien Notre-Dame du *Laous*, comme s'ils disaient Notre-
Dame du Lac.

Les montagnes qui entourent le Laus sont devenues célèbres ; apprenons à les connaître. Si l'on s'avance vers
le bord du vallon, du côté du Levant, on a devant soi le
mont Théus ; un peu à droite, le mont Saint-Maurice,
dont nous aurons à parler ; derrière soi, la montagne
des Fraches, et, à gauche, le mont de l'Aigle. La vallée
d'Avançon coupe cette enceinte, pour déboucher, à droite,
sur la Durance, et, à gauche, sur la route qui va de Gap
à Embrun. On arrive au Laus par trois points différents :
du côté de l'Avance, en gravissant le coteau, à ses deux
extrémités, par une route carrossable, au Sud-Est, qui
communique avec la Bâtie-Neuve-le-Laus (station du
chemin de fer), et par un sentier rapide, au Sud-Ouest,
qui communique avec Valserres, Remollon et Tallard ; et
du côté de Gap, en descendant les montagnes par une
route en lacets. Lorsque l'on suit cette dernière voie, on
arrive tout à coup en vue du fortuné vallon, dont l'as-
pect, se déroulant sous les pieds du voyageur, ne manque
jamais de l'impressionner vivement.

A l'époque où la Sainte Vierge descendit au Laus pour
la première fois, ce petit vallon était une vraie solitude.
Néanmoins, comme il y avait là quelques arpents de terre
susceptibles de culture, des colons venus des villages
voisins s'y étaient établis, on ne sait en quel temps. Au
moment où la Mère de Dieu venait y planter sa tente
pour un demi-siècle, la petite colonie ne comptait, d'après
Juvénis, historien de ce temps-là, que sept ou huit fa-

milles, et se divisait en trois groupes de maisons portant chacune une appellation particulière. Aujourd'hui, dans le petit vallon du Laus, on compte une vingtaine de feux, une centaine d'âmes, en y comprenant le personnel du couvent.

La piété paraît être de tradition immémoriale chez les habitants du Laus. Ceux qui y vivaient au XVIIe siècle supportaient avec peine leur éloignement de l'église paroissiale, qui était à Saint-Étienne. Trop souvent les crues de l'Avance les mettaient dans l'impossibilité de se rendre au chef-lieu pour y assister aux offices paroissiaux, y faire baptiser leurs enfants, participer aux sacrements et aux diverses cérémonies du culte. C'est pourquoi, en 1640, nous disent les manuscrits, ils firent bâtir une chapelle sous le nom de Notre-Dame de Bon-Rencontre, nom inspiré du ciel, car c'est là que la petite Bergère devait rencontrer la divine Bergère des âmes.

Cette chapelle, disent encore nos manuscrits, n'était qu'un petit carré de la longueur et de la largeur de celle qui est dans le chœur de l'église ; elle occupait la même place et était recouverte de chaume. Le mobilier était à l'avenant : un autel en plâtre, deux chandeliers en bois, un ciboire en étain, trois mauvaises toiles représentant l'une la Sainte Famille et les deux autres, deux mystères différents de la vie de la Sainte Vierge. C'est là que la Mère de la divine grâce va faire jaillir pour toujours, et en faveur surtout des âmes meurtries par le péché, une source féconde de repentir et d'espérance.

Maintenant que nous avons parlé de Benoîte que la Sainte Vierge a choisie pour fonder ce pèlerinage, du vallon du Laus où le pèlerinage sera établi, de la petite chapelle, lieu des rendez-vous de la Reine du Ciel et de la Bergère, racontons les merveilles dont cette chapelle et ce vallon béni seront les témoins, où la Vénérable Sœur Benoîte jouera un si grand rôle et qui feront de ce pèlerinage un des premiers pèlerinages du monde.

On trouvera peut-être exagérées ces expressions, tombées plusieurs fois de notre plume ; mais si l'on veut bien continuer à lire attentivement et avec réflexion, on trouvera que nous n'avons dit que l'exacte vérité. Qu'est-ce qui rend un pèlerinage illustre parmi tous les autres ? Ce sont, nous le croyons du moins, les témoignages d'amour que lui donne le ciel, les persécutions dont le poursuivent l'enfer et ses suppôts, les grâces signalées dont il est la source, les promesses dont il peut se glorifier : or, parcourez l'histoire des principaux pèlerinages de la Sainte Vierge, vous trouverez sans doute, dans chacun d'eux, quelques-unes de ces merveilles. Mais au Laus vous rencontrerez tout cet ensemble de merveilles à un degré plus surprenant, et cela pendant plus d'un demi-siècle, en présence d'une foule innombrable d'hommes de toute condition : incrédules, beaux-esprits, philosophes, protestants, jansénistes, croyants et incroyants, qui se précipitent au Laus bien moins pour admirer que pour n'er et qui s'en retournent convaincus et souvent convertis. Comme nous allons le contempler dans le bassin du Laus, c'est le ciel, le purgatoire, l'enfer qui s'y donnent rendez-vous : le ciel, pour préparer aux pauvres pécheurs un refuge contre la justice divine ; le purgatoire, pour se libérer d'une dette non encore entièrement acquittée ; l'enfer, avec toute sa rage et sa ruse, pour détruire ce refuge de la miséricorde où tant d'âmes doivent trouver le moyen de briser leurs chaînes, de revenir à Dieu et de pratiquer la

loi sainte. Nous disons que le ciel entier est venu au Laus.
En effet, nous y trouvons les Bienheureux, les Anges, saint
Joseph, Jésus-Christ et la Sainte Vierge, qui, pendant
cinquante-quatre ans, s'est rendue visible à la Vénérable Sœur, qui, pendant cinquante-quatre ans, a embaumé le saint vallon de ses suaves parfums et a laissé
tomber de ses mains maternelles une multitude de lar-
gesses.

Depuis la mort de la Vénérable Sœur Benoîte, la Bonne
Mère n'a plus apparu, il est vrai, mais elle a promis à
la pieuse Bergère d'habiter toujours cette sainte solitude,
et, depuis cette époque, elle ne cesse de prouver sa présence par des grâces corporelles, mais surtout spirituelles
qu'elle accorde à ceux qui viennent l'implorer avec confiance.

CHAPITRE III

La Sainte Vierge & la Vénérable Sœur Benoite
Vallon des Fours

Nous commencerons ici à parler des apparitions de la Sainte Vierge ; nous continuerons jusqu'à la mort de la Vénérable sœur Benoîte. Nous mettrons ainsi sous les yeux du lecteur, dans tout son ensemble, l'œuvre de la Bonne Mère au Laus, qui est, au fond, l'œuvre principale. Nous parlerons ensuite des apparitions de Notre-Seigneur, des Anges, des Bienheureux, qui ne sont intervenus que pour aider la Reine du Ciel à compléter sa grande œuvre de miséricorde à l'égard des pauvres enfants d'Ève. Nous verrons ainsi, dans un premier tableau, le Ciel entier travaillant à édifier, pour le pauvre pécheur, un refuge contre la justice divine.

Si nous voulions rappeler toutes les apparitions de la Sainte Vierge au Laus, il faudrait écrire un volume entier, car ces apparitions n'ont pas eu lieu une seule fois, pendant une semaine, pendant un mois ; elles se sont prolongées pendant cinquante-quatre ans ! tous les jours, pendant quatre mois ; et si après, elles n'ont pas été aussi fréquentes, elles étaient encore au moins mensuelles, car leur privation d'un mois entier était considérée comme une pénitence. « Puisque vous n'avez pas averti ce pécheur, vous passerez un mois sans me voir, dit un jour la Bonne Mère à sœur Benoîte. »

Pour ne pas dépasser le cadre que nous nous sommes fait, nous ne parlerons que des apparitions les plus importantes (1). Dans le chapitre : *Benoîte et les Anges*, nous dirons comment les esprits célestes ont veillé, d'une manière toute particulière, sur son berceau et sa première enfance, pour la défendre contre la malice de Satan, qui semblait deviner en elle l'un de ses plus terribles adversaires. La Sainte Vierge elle-même ne dédaigne pas de descendre jusqu'à cette pauvre enfant encore toute jeune, et de l'environner de sa maternelle sollicitude. Tout d'abord, elle ne se montre pas sous la splendeur qui lui appartient, mais sous les dehors d'une belle Dame, d'une grande Dame. Benoîte avait trois ou quatre ans, c'est l'âge où un enfant peut courir par le village, sans trop préoccuper la sollicitude maternelle. Or, un jour elle s'amusait, près de la fontaine, à pétrir de la terre, en compagnie de quelques autres enfants de sa condition. Sans nul souci de la propreté, comme on l'est à cet âge, ces petites filles s'inquiétaient peu si la boue qu'elles manipulaient ne souillait pas leurs vêtements et même leur figure. En ce moment, une Dame étrangère, au visage doux, au maintien noble, apparaît sur le chemin et s'approche du groupe enfantin. Attirant à elle la petite Benoîte, elle prend de l'eau du bac avec sa blanche main, en baigne le visage de l'enfant, purifie ses lèvres des souillures de la vase ; puis, donnant à toutes un petit soufflet amical, elle disparaît en leur disant : « Soyez bien sages, mes pouponnes. » C'était le mercredi des Cendres.

En songeant aux épreuves que l'enfant va prématurément subir, il nous semble voir dans une telle cérémonie,

(1) Nous ne dirons même rien du voyage au ciel que la Sainte Vierge fit faire à sa sœur Benoîte. On peut lire dans les *Annales* le récit de ce fait si merveilleux.

à pareil jour, un de ces baptêmes antiques par lesquels les croyants préludaient à la pénitence ou les guerriers à la victoire. Il nous semble que la blanche main, en touchant la face de la petite fille, fit couler dans son âme la consolation, cette force des faibles qui les fait triompher en leur faisant aimer le combat.

Cette même Dame continue, de temps en temps, d'apparaître à Benoîte et de lui donner des preuves d'une protection toute spéciale. Benoîte avait atteint sa onzième année ; elle fut envoyée par sa mère au moulin de Remollon, sur la Durance, avec un âne chargé de quatre émines de blé. Sa plus jeune sœur l'accompagnait. Les enfants de la veuve s'en revenaient du moulin, grelottant de froid, par un mois de janvier, et pressées par la nuit tombante, lorsque l'âne s'abattit sur la glace, avec son fardeau. Que faire ? Où chercher du secours ? Qui relèvera la bête ? Personne ne se montre sur la route. Mais Dieu, qui prive les enfants de leur père, ne peut les abandonner. La Dame inconnue se présente, relève le pauvre animal. Comme il fait nuit et qu'il reste encore trop de chemin pour arriver à Saint-Étienne, elle dit aux deux jeunes filles de s'en aller à Remollon pour attendre le lendemain, et leur indique un homme charitable qui voudra bien les héberger. Les voilà parties, le cœur plein de reconnaissance, et l'âne va de lui-même s'arrêter à la porte de l'hôte indiqué. Le brave homme se lève, les accueille dans sa maison et leur donne un peu de soupe. N'ayant pas de lit à leur offrir, il en trouve un chez le fermier du seigneur de Venterol, et y conduit les deux petites filles.

Si, de bonne heure, la Sainte Vierge a une prédilection pour la petite Benoîte, l'on peut dire que de bonne heure la petite Benoîte avait une prédilection pour sa bonne

Mère du Ciel. Benoîte, toute jeune, aimait à prier ; elle priait soit au pied de quelque croix, soit à l'église de son village. Ses maîtres le proclamaient hautement : « Benoîte aime bien à prier. » Mais dans ses communications avec le Ciel, la pieuse Bergère aime surtout à s'adresser à la Mère de Dieu. M. le Prieur a dit si souvent qu'elle est toute bonne, toute miséricordieuse, toute compatissante aux pauvres pécheurs ! Comment n'en ferait-elle pas sa médiatrice ? Aussi sa prière favorite est le chapelet, parce qu'elle sait que le chapelet a été apporté du ciel par cette divine Mère. C'est ce qui nous explique pourquoi le jour où elle quitte sa mère de la terre pour entrer en condition, elle demande pour toute faveur un chapelet.

Ce bonheur que Benoîte trouve dans cette prière, qui la met ainsi en relations avec la Mère de Dieu, fait naître en elle un désir ardent de la voir. Ce désir s'accroît par tout ce que la pieuse enfant entend dire chaque jour de la *Reine de son cœur*. Ce désir va être satisfait. Benoîte était dans sa dix-septième année.

Vers le Sud-Ouest de Saint-Etienne s'élève une splendide montagne, dont la large base est arrosée par l'Avance au Nord et par la Durance au Midi, dont les flancs sont recouverts, d'un côté, par une épaisse forêt, et, de l'autre, par des vignes plantureuses, et dont le sommet arrondi se couvre, à chaque printemps, d'une luxuriante végétation d'arbres, de verdure et de fleurs.

Pour donner à son troupeau un peu d'ombre et de fraîcheur, la Bergère le conduisait assez souvent le long de la lisière de ce grand bois ; parfois même, elle s'engageait assez avant dans les profondeurs de ces hautes futaies. Au printemps de 1664, elle avait, à diverses reprises, dirigé ses chères brebis vers ces gras pâturages. Or, tan-

dis que, précédant ou suivant son troupeau, elle récitait
son rosaire ou rêvait aux choses du ciel, un beau vieillard était apparu à ses yeux, et s'était ensuite éclipsé en
silence dans l'ombre de la forêt. Cette vision s'était renouvelée quatre ou cinq fois; mais l'enfant n'en avait été
nullement frappée, s'imaginant sans doute que c'était là
un simple mortel. Il advint néanmoins qu'un jour le vénérable personnage se manifesta à la Bergère d'une façon
plus ouverte et plus intime.

C'était au commencement du mois de mai, si beau partout, mais en particulier dans nos fraîches montagnes.
Benoîte, tourmentée par la soif, s'enfonce dans le bois,
avec espoir d'y trouver une source où elle puisse se désaltérer. Ses recherches la conduisent sur le plateau, situé
sur le flanc occidental de la montagne, et à quelques centaines de mètres du sommet. Son troupeau, qu'elle a un
moment oublié, la suit à son insu. Parvenue à cette hauteur, la Bergère aperçoit d'abord quelques masures dé-
sertes, puis une ancienne chapelle dédiée à saint Maurice, dont la montagne porte le nom. Saisie de respect
devant ces ruines, elle se met à genoux et récite son
chapelet.

Pendant qu'elle oublie ainsi la soif qui la tourmente,
pour envoyer une couronne de salutation à sa Mère du
ciel, le vieillard qu'elle avait aperçu déjà plusieurs fois se
présente à elle. Il était beau, avait la barbe longue, la
taille grande, la figure douce; son vêtement était rouge,
et il portait sur la tête une sorte de bonnet élevé et pointu
ressemblant à une mitre. « Ma fille, dit-il à la Bergère,
que faites-vous ici? » — « Je garde mon bétail, répond
l'enfant; je prie Dieu en cherchant de l'eau pour boire. »
— Je vais vous en tirer, réplique le vénérable vieillard »;

3

et, ce disant, il s'avance vers la margelle d'un puits qui
se trouvait tout près de là et que Benoîte n'avait point
remarqué. Pendant ce temps, la petite prend dans sa pane-
tière un morceau de pain, qu'elle serait tout heureuse
de partager avec l'obligeant inconnu. « Messire, dit-elle,
vous plairait-il d'accepter un peu de mon pain, pour manger avec moi? » — « Non, ma fille, je n'en ai pas besoin. »
— « Faut-il bien que vous mangiez, vous vous portez si
bien, vous êtes si vermeil! » — « Je ne vis pas de pain
terrestre, je ne mange que le pain du ciel; vous, ma fille,
prenez votre réfection, je vais vous bailler de l'eau. » En
disant ces mots, le messager céleste amène de l'eau du fond
du puits, et en offre à la Bergère. Celle-ci, encouragée par
cet acte de bienveillance et par l'affabilité du vieillard,
renoue la conversation avec une familiarité et une curiosité d'enfant. « Qu'est ce que vous portez sur la tête, dit-
elle à son auguste interlocuteur? » — « C'est une mitre. »
— « Mais vous êtes si beau! Seriez-vous un ange ou
Jésus? » — « Je suis Maurice. Cette masure était une chapelle érigée en mon honneur; la voilà croulant de toutes
parts; mais malheur à ceux qui en perçoivent les revenus! Ils en répondront devant Dieu, car c'est là que je
veux être honoré! » La conversation dura encore longtemps. Cependant le jour touche à sa fin. Saint Maurice
dit alors à la Bergère : « Ma fille, ne retournez pas en
ces lieux, parce qu'ils font partie d'un autre territoire.
Les gardes y prendraient votre troupeau, s'ils l'y trouvaient. Allez dans le vallon qui est au-dessus de Saint-
Etienne; c'est là que vous verrez la bonne Mère de Dieu. »
— « Hélas! Messire, elle est au ciel, comment la verrai-
je ici? » — « Oui, réplique l'ambassadeur céleste, elle
est au ciel, et sur la terre quand elle veut. » Puis, pour

lui donner une preuve de la vérité de ses paroles, il lui remet un bâton. en lui disant : « Vous verrez, au bas de la montagne, quatre loups sortir du bois et s'avancer vers votre troupeau ; menacez-les de cette arme, ils reculeront. »

Benoîte partit, et son troupeau bondissait devant elle. Au bas de la montagne, elle vit, en effet, les loups prédits, les mit en fuite comme le saint lui avait indiqué, et rentra heureuse en pensant au lendemain.

Le lendemain de ce jour, de grand matin, Benoîte quitte son pauvre grabat, où les ténèbres de la nuit, plus encore que le sommeil, l'ont retenue pendant quelques moments. Elle s'empresse d'ouvrir à son troupeau les portes du bercail ; puis, joyeuse comme à l'aurore d'un jour de fête, elle suit ses brebis, qui se hâtent sur le sentier conduisant au vallon désigné par Maurice. On dirait qu'une main mystérieuse dirige en ce jour le petit troupeau. Benoîte aussi subit une influence secrète. Mille pensées riantes remplissent son esprit et répandent sur sa douce figure une indicible sérénité ; mais la Bergère ne cherche pas à se rendre compte de ce qui l'impressionne si agréablement.

Le vallon où courent les moutons de Benoîte s'ouvre au-dessus de Saint-Etienne, dans un ravin qui descend de la lisière du bois. Au fond, et entre deux branches du torrent, se trouve, dans une roche à plâtre en exploitation, une petite grotte près de laquelle la Bergère avait coutume de réciter son chapelet. Cet endroit s'appelle *Les Fours*, sans doute parce que les habitants du village y cuisent le plâtre nécessaire à leurs constructions.

A peine arrivée en face de la grotte, Benoîte voit tout à coup une belle Dame, qui tient par la main un petit en-

fant d'une beauté singulière, disent nos manuscrits. Ce
spectacle la ravit : elle est, en effet, si belle cette Dame !
Il y a dans son visage une expression de grâce céleste, de
majesté douce qui n'ont rien de semblable sur la terre.
Ses traits sont d'une régularité parfaite et d'une finesse
sans égale, de ses yeux sortent comme des rayons de lumière qui éclairent le vallon, ainsi qu'on voit, en des
jours sombres, quelques parties de la terre éclairées par
les rayons du soleil qui s'échappent aux interstices des
nuages. Ses vêtements exhalent des parfums si suaves,
qu'on croirait que le vallon tout entier est couvert des
plantes et des fleurs les plus balsamiques.

Et cependant, malgré tout ce qu'elle voit, malgré les
parfums tout célestes qu'elle respire, malgré son désir et
la prédiction de saint Maurice, Benoîte n'a pas même l'idée
que ce personnage mystérieux pourrait bien être la Reine
du Ciel. Peut-être persiste-t-elle à se croire indigne de
l'ineffable bonheur de contempler les traits de la Mère de
Dieu. Quoi qu'il en soit, elle n'est nullement troublée par
cette vision étrange, et croit n'avoir devant ses yeux
qu'une simple mortelle. Aussi, dans sa rare ingénuité,
s'empresse-t-elle de lui faire cette question, usitée dans
le village : « Belle Dame, que faites-vous là ?.... Voulez-
vous acheter du plâtre ?.... » Puis, sans attendre la réponse, et toute émerveillée de la beauté de l'enfant que
la *Belle Dame* tenait par la main, elle ajoute : « Vous
plairait-il de nous donner cet enfant ? il nous réjouirait
tous.. » La Dame sourit de sa simplicité et ne dit mot.

La vision dura longtemps encore. Benoîte ne pouvait
se lasser de contempler. Cependant le soleil avait accompli
plus de la moitié de sa course. La faim, peut-être, ramène un instant la Bergère à la réalité de la vie ; prenant,

en effet, le morceau de pain que sa maîtresse lui avait donné, elle dit à la *Belle Dame* : « Voulez vous goûter avec moi ?
J'ai du bon pain, nous le tremperons dans la fontaine. »
La Dame sourit de nouveau et continua de fasciner les
yeux de la petite Bergère. Elle allait et venait devant le
creux du rocher, s'approchait ou s'éloignait de Benoîte ;
puis, quand le soir fut venu, elle prit l'admirable enfant
dans ses bras, pénétra dans la grotte et disparut.

La Bergère reste sous l'ineffable impression de ce spectacle. Semblable aux disciples du Sauveur, qui, après son
Ascension, restèrent longtemps les yeux fixés au ciel, elle
ne peut détacher ses regards de la roche où elle a vu disparaître la ravissante Dame. Les heures passent sans qu'elle
s'en aperçoive ; les étoiles la surprennent à la même place.
Le bêlement de ses brebis vient la rappeler à elle-même
et l'avertir qu'il est temps de se retirer. Volontiers elle
fût restée là encore, si elle n'eût craint de donner de l'in-
quiétude à ses maîtres ou de mériter leurs réprimandes.

Le jour suivant même spectacle, même bonheur, même
ravissement. Pendant près de quatre mois, chaque jour,
il lui est donné de contempler celle dont la vue lui fait un
paradis sur la terre.

Inutile de dire si la pieuse enfant met à profit ces
heures de délices célestes. Elle se plonge de plus en plus
dans l'admiration de cette perfection surhumaine. Son
âme semble se détacher des liens grossiers des sens ; on
dirait qu'elle n'est plus de la terre ; un seul objet l'ab-
sorbe, elle devient étrangère à tout ce qui l'environne. Le
pain, le temps, le troupeau, tout, jusqu'au rosaire, est
oublié. « Les journées sont trop courtes et les nuits trop
longues ; elle ne se retire qu'aux étoiles, et revient au

point du jour, » dit M. Gaillard. Parfois même elle n'attend pas le retour de la lumière ; mais, rêvant délicieusement de l'objet de son amour, elle se lève au milieu des ténèbres, et, vêtue à peine, elle conduit son troupeau au vallon, et y reste jusqu'à ce que la fraîcheur de la nuit ou les pierres du chemin la tirent de sa douce rêverie. Elle rentre au logis, mais c'est pour revenir aux premiers rayons de l'aurore naissante, tant son cœur souffre loin de l'objet qui le passionne.

Et chose étrange ! le troupeau, lui aussi, semble subir les influences mystérieuses qui, chaque jour, ramènent Benoîte à la grotte des Fours. Il n'y a là que rochers, cailloux et terrains arides ; n'importe ! Si, par l'ordre du maître, il est conduit dans des pâturages plus gras, il revient de lui-même au vallon et y reste sans que la houlette le retienne ; et, ce qui est plus singulier encore, il y prend un embonpoint que n'ont pas les autres troupeaux du village.

Néanmoins, ce commerce muet entre la Vierge bénie et la petite Bergère ne devait pas durer toujours. Après avoir enchaîné le cœur de Benoîte par le spectacle de sa beauté céleste, prolongé pendant deux mois, la Mère de Dieu rompit enfin ce silence trop long, et ajouta, aux attraits de sa présence, les charmes de sa parole.

Nous ne savons pas tout ce que la Sainte Vierge a dit à Benoîte durant les longs jours de ses apparitions, mais le peu qui nous en est resté nous montre que la Mère de Dieu a voulu, surtout, instruire, éprouver et consoler l'humble Bergère.

Benoîte aimait à prier ; la très pieuse Vierge Marie la confirme dans cet esprit de prière. A plusieurs reprises, elle l'envoie adorer Dieu à l'église du village, promettant dans l'intervalle, de veiller elle-même sur le troupeau. Ce qu'elle fait avec une touchante sollicitude.

En encourageant, dans son élève, cet esprit de piété, la Sainte Vierge voulait, par elle, la communiquer aux jeunes filles de Saint-Etienne; et afin que les exemples et les paroles de Benoîte fussent plus efficaces auprès de ses compagnes, la Mère de Dieu avait donné à celles-ci une grande tendresse pour la Bergère. Or un jour, la Belle Dame dit à Benoîte : « Engagez les filles de Saint-Etienne à chanter les litanies de la Sainte Vierge tous les soirs et avec la permission de M. le Prieur, et vous verrez qu'elles le feront. » Elles le firent, en effet, avec la plus grande dévotion qu'on puisse imaginer ; mais ce ne fut que lorsque la glorieuse inconnue eut, elle-même, appris ces litanies à la Bergère, car ni elle ni ses compagnes ne les savaient, dit M. Peythieu.

La bonne Mère de Dieu se fait donc 'humble institutrice de la pieuse fille. Avec une condescendance admirable, elle répète, mot à mot, à son élève, comme les mères font à leurs enfants, les litanies, les versets, et l'oraison. Benoîte les redit sans hésiter après trois répétitions seulement. En très peu de temps aussi, elle apprend une amende honorable au Saint-Sacrement.

Les litanies sont restées comme un monument des premières apparitions et comme la prière bien-aimée du Laus et de toute la vallée. Les filles d'Avançon et de Valserres rivalisèrent à les chanter avec celles de Saint-Etienne. Cet usage s'est continué, depuis, dans ces paroisses. Aux fêtes et aux dimanches, le chant des litanies retentit au pied des autels de la Sainte Vierge.

Au Laus, surtout, c'est la prière de prédilection. Elle est chantée à la prière du soir, tous les samedis et tous les dimanches, la veille et le jour de toutes les fêtes. Elle est aussi le chant de règle de toutes les processions qui viennent au Laus ou qui s'y font. Enfin, elle est récitée par tout prêtre qui célèbre le saint Sacrifice au Sanctuaire, immédiatement après le dernier Evangile. C'est un privilège accordé dès les premiers jours du pèlerinage et renouvelé, en 1855, avec indulgence de 300 jours

Après l'esprit de prière, l'esprit de détachement. Un jour la Mère de Dieu demande à Benoîte un de ses moutons — sans doute l'un de ses plus beaux, — et une chèvre magnifique qu'elle lui indique de la main. « Pour le mouton, répond la Bergère, oui, belle Dame, je vous le baillerai : je le compterai sur mes gages ; mais, pour la chèvre, je la garde, elle me fait besoin parce qu'elle me porte quand je suis lasse et pour passer la rivière quand elle est grosse. Si vous m'en bailliez trente écus, je ne vous la baillerai pas. » — « Ma fille, reprend la Dame, je ne vous baillerai pas trente écus. Vous l'aimez trop votre chèvre : vous lui donnez des raisins et du pain. Il vaut mieux les donner aux pauvres. »

Après l'esprit de détachement, l'esprit de patience. Un jour qu'elle l'envoie à la messe, la Dame fait passer le troupeau de Benoîte dans un autre vallon assez éloigné. A son retour la Bergère ne le trouvant pas à l'endroit où elle l'a laissé, elle se met à pleurer et à le chercher sans pourtant s'impatienter. Elle retourne au village. Son maître la voyant seule, croit qu'on a enlevé le troupeau : il se fâcha contre elle. Benoîte revient à la montagne et retrouve ses moutons. La Dame lui apparaît alors et lui dit : « Vous m'avez fait plaisir de ne vous impatienter pas. Ce que j'ai fait n'est que pour éprouver votre patience. (1) »

À côté des épreuves, la très douce Vierge place les consolations.

Un jour elle tend sa main divine à l'humble bergère. Celle-ci n'ose accepter cette insigne faveur. « Belle Dame, s'écrie-t-elle, je ne suis pas seulement digne de baiser ni de toucher les vestiges de vos pieds. »

Une autre fois, la Reine du ciel, voyant sa bien-aimée lasse et tombant de fatigue, pousse la bonté jusqu'à l'inviter à se reposer sur elle. L'enfant obéit et s'endort doucement sur le bord du manteau royal.

Bien que Benoîte ne sache point encore quel est le personnage mystérieux qui vient chaque jour réjouir sa vue et son cœur, il s'opère néanmoins, dans tout son être, une transformation qui frappe les yeux de tous ceux qui la connaissent. Sa figure s'illumine, son teint se colore, son regard, déjà limpide et modeste, devient plus doux ; sa démarche est plus grave ; son langage est plus que jamais simple et réservé, sa parole s'impose à ceux qui l'écoutent ; ceux même qui affichent une plus grande incrédulité sont ébranlés. Tout le monde veut la voir et l'entendre. Elle redit à tous ce qui fait l'objet de son bonheur avec un accent si convaincu que, de tout côté, s'échappe cette parole : *Si c'était la Sainte Vierge qu'elle voit !* Benoîte ne soupçonne rien ; elle ne cherche même pas à savoir. Elle voit, elle aime, elle est heureuse ; n'est-ce pas assez ?

Cependant la maîtresse de Benoîte étonnée du change-

_____

(1) Manuscrits.

ment qui s'était fait dans la personne de la Bergère, veut se rendre compte par elle-même de ce qui se passe au vallon des Fours. Sortant à la dérobée, un beau matin, de chez elle, elle se glisse par le lit assez profond que le ruisseau a creusé depuis le bois jusqu'à l'église, et, sans être aperçue, elle arrive avant la Bergère à la grotte, où elle se cache sous une roche. Sa curiosité pouvait être punie ; mais Benoîte priait souvent pour sa maîtresse : au lieu d'un châtiment, celle-ci trouva le salut.

Benoîte, de son côté, arrive à la grotte quelques instants après et y voit sa belle Dame. — « Votre maîtresse est là cachée sous la roche », dit celle-ci. — « Elle n'y est pas, répond Benoîte, je l'ai laissée au lit, belle Dame ; qui doit mieux le savoir de nous deux ? » — Elle y est, réplique la Sainte Vierge ; vous la trouverez sous la roche. Avertissez-la de ne point tant jurer le nom de Jésus ; car, si elle continue, il n'y aura point de paradis pour elle ; sa conscience est en très mauvais état ; qu'elle fasse pénitence ; qu'elle donne aux pauvres les plus nécessiteux de la paroisse, la viande, le vin et les bouillons qu'elle prendrait les jours de Pâques, de la Pentecôte et de la Noël ! qu'elle ne mange que du pain et ne boive que de l'eau, elle aura le paradis. »

La pécheresse a tout entendu. Le repentir pénètre dans son âme ; elle gémit, soupire et pleure amèrement. Benoîte la trouve tout en larmes et lui dit : « Vous m'avez fait dire un mensonge à la Dame ; je vous croyais au lit. » — « J'ai tout entendu, répond la maîtresse ; je me corrigerai. » Elle tint parole : Sa conversion fut complète. La prière remplaça les blasphèmes, les jeûnes et les aumônes succédèrent à la gourmandise, et la fréquentation des Sacrements difia ceux qu'avait scandalisés son indévotion.

Cette conversion si prompte commença par faire croire que Benoîte voyait bien quelque chose d'extraordinaire ; mais le fait suivant achève de confirmer cette croyance et fait cesser le doute dans les esprits de ceux qui pouvaient encore en avoir.

Un paysan de Saint-Etienne s'en allait mettre le feu à un four à plâtre qu'il avait établi près de la grotte mystérieuse. Inspiré par un fâcheux démon, il dit avec un ton de sotte bravade : « Je m'en vais chauffer la Dame de Benoîte. » Cette raillerie lui coûta cher. Il brûla, pour chauffer son four, dix fois plus de bois qu'il n'en aurait fallu, et il ne put venir à bout de cuire son plâtre, qui se durcissait à mesure que la chaleur augmentait. Le malheureux fut obligé d'abandonner son œuvre et se retira confus.

Pendant six ans, ce four resta là comme un témoignage de l'insulte faite à la Mère de Dieu. Cependant, en 1670, au milieu d'un hiver rigoureux, le pauvre fabricant de plâtre, pressée par la famine, monta au Laus et demanda à Benoîte s'il pourrait cuire son gypse pour donner du pain à ses enfants. « Oui, dit la Bergère ; vous le pouvez. » L'interdit divin était levé, et l'œuvre put s'accomplir sans difficulté.

Le bruit de ces merveilles ne pouvait plus rester enfermé dans la vallée ; il passa les montagnes, et la ville de Gap en était saisie lorsque le juge de la vallée, M. Grimaud, arriva sur les lieux pour s'en enquérir. Voici son rapport :

« Comme c'est l'ordinaire des enfants de ne pouvoir rien céler, et possible par l'ordre de la Providence divine, notre Bergère s'étant expliquée de cette apparition à une infinité de personnes, sur l'advis qui m'en fut donné, comme juge de la vallée d'Avançon, je crus estre obligé

par le debvoir de ma charge et la gloire de Dieu de tas-
cher de sçavoir ce que pouvait estre, et parler en particulier à nostre Bergère. Et pour cet effet, je me rendis
audit lieu de Saint-Etienne, au commencement du mois
d'août 1664. Et comme elle se trouvait absente, veu qu'elle
gardait les brebis au lieu accoutumé, je l'envoi quérir.
Estant venue, je la pris en particulier. Je la trouvais fort
raisonnable, d'une humeur fort sincère, et nullement capable d'invention. Je l'interrogai fort particuliérement sur
tout ce qui nous avait esté rapporté, même je lui repré-
sentai le mal qu'elle ferait de dire des choses lesquelles
ne fussent point. Et après plusieurs remontrances que je
luy fis sur l'importance de telles choses, et si elle n'y
estait point induite par quelqu'un, elle me confirma tout
ce que dessus (les diverses apparitions) aveq une asseurance et une gaieté non pareilles, et me témoigna aussi
(ce que je leus sur son visage) qu'elle recevait une joie
et une satisfaction incomparable de cette apparition, sans
estre troublée. Je lui demandai si elle avait l'asseurance
de luy parler. Laquelle me dit que non. Ce qui m'obligea, par sainte inspiration, que sans doubte c'estait la
Sainte Vierge qui luy apparaissait aveq le petit Jésus, ce
qui estoit un bonheur très particulier pour elle, de luy
dire qu'elle luy debvoit parler, mais qu'auparavant elle debvoit confesser, communier, et mestre en estat de grâce :
après quoi, elle pourroit luy parler hardiment et sans
crainte. Je luy dis telles paroles qu'elle luy debvoit adresser : Ma bonne Dame, je suis, et tout le monde de ce
lieu, en grande peine pour sçavoir qui vous estes ; seriez-
vous point la Mère de notre bon Dieu ? Ayez la bonté de
me le dire, et l'on ferait bastir ici une chapelle pour vous
y honorer et servir. »

APPARITION DE LA SAINTE VIERGE A SŒUR BENOITE

Benoîte fit tout ce que le pieux juge lui avait conseillé. Après s'être bien préparée, elle alla auprès de la très douce Dame, et, dans le but de savoir si elle était la Sainte Vierge et si elle voulait qu'on lui élevât une chapelle sur le lieu, elle lui adressa la petite « harangue » que nous venons de lire.

La belle Dame répondit à Benoîte qu'il n'était pas nécessaire qu'on bâtît là aucune chose, parce qu'elle avait fait choix d'un lieu plus agréable : puis elle dit : « Je suis Marie, Mère de Jésus : Vous ne me verrez plus ici : ni de quelque temps. » La Bergère transmit cette réponse au bon Juge, qui ajoute : « Ces paroles me confirmèrent tout à fait dans ma première croyance, savoir que la Sainte Vierge daignait bien paraître à cette simple et pauvre Bergère. »

La belle Dame était donc bien *Marie*. Ce nom si doux dut faire tressaillir la jeune fille, mais non l'étonner ; le bonheur qu'elle avait goûté jusque là était trop grand pour qu'il pût de beaucoup s'accroître par un mot qu'elle n'avait pas même éprouvé le besoin de savoir. Habituée à contempler de ses yeux mortels l'auguste Reine du Ciel sans la connaître, elle ne désirait rien de plus. Aussi, aucun changement nouveau ne s'opère ni dans ses sentiments, ni dans ses actes ; elle traite avec la Mère de Dieu comme avec la Dame au beau poupon.

La grotte où la Sainte Vierge et son divin Fils habitèrent en quelque sorte pendant quatre mois, et où ils se manifestèrent si souvent à l'humble Bergère de Saint-Étienne, devint un lieu assez célèbre pour qu'on songeât, de bonne heure, à y élever un monument commémoratif On y construisit d'abord un modeste oratoire qui fut réédifié en 1850 par Monseigneur Depéry, évêque de Gap.

Quelques années auparavant (1833), M. Callandre, alors curé de Saint-Etienne et plus tard supérieur des Missionnaires diocésains, fit construire, au pied de la roche des Fours et à peu de distance de l'oratoire, une petite chapelle qui porte aujourd'hui le nom de Notre-Dame des Fours. La piété des habitants de Saint-Etienne fournit aux frais de cette construction. M. Juge, ancien Missionnaire du Laus, secondé par une main généreuse qui veut rester inconnue, a orné ce modeste sanctuaire d'un magnifique autel en pierre et d'un élégant carrelage.

Parmi les nombreux pèlerins qui visitent le Laus, un grand nombre se font un bonheur de visiter ces lieux, témoins des premières apparitions de la Sainte Vierge à la Vénérable sœur Benoîte.

CHAPITRE IV

La Sainte Vierge & la Vénérable Sœur Benoîte
à Pindrau

Ces paroles : « Vous ne me verrez plus ici, ni de quelque temps, » qui terminent les apparitions aux Fours sont pour la pieuse enfant comme un glaive de douleur qui vient transpercer son âme, comme un calice d'amertume que sa Bonne Mère verse dans la coupe de ses joies. « Elle en est fort affligée et comme inconsolable, dit M. Grimaud, et même elle en pleure à chaudes larmes. » Morne, désolée, elle erre tristement à travers les coteaux et les ravins ; elle cherche partout Celle qui est toute sa vie et son bonheur, mais c'est en vain. Plusieurs fois elle a été au vallon béni, et la grotte était vide, et le sable ne reproduisait plus les traces de l'enfant divin. Désormais, ces lieux n'auront plus, pour elle, d'autre attrait que celui de lui rappeler les jours de sa félicité ; elle n'y viendra donc plus. Un charme secret l'attire ailleurs. De préférence, elle conduit son troupeau vers le bas du village, sur les rives de l'Avance. Là, son œil parcourt aisément les deux pentes de la vallée, et demande à tous les creux de rocher, à tous les ravins, à tous les coteaux, s'ils n'ont pas vu sa bien-aimée.

Depuis un mois, elle languissait ainsi dans ces parages, lorsque, le 29 septembre, anniversaire de sa nais-

4

sance et fête de l'archange saint Michel, elle aperçoit
tout à coup, de l'autre côté de la rivière et à mi-côte du
monticule derrière lequel se cache le Laus, une lumière
plus éclatante que le soleil, et, au sein de cette éblouis-
sante auréole, sa divine princesse. Oui, c'est elle : son
cœur l'a reconnue. Plus prompte que l'éclair, elle vole
du côté où a lieu la vision miraculeuse, mais la rivière
est enflée, la passerelle en bois a disparu !.... La grosse
chèvre prête son dos à la Bergère, qui atteint, sans peine,
la rive opposée. Haletante d'émotion, elle gravit le coteau
à pas précipités, et, en peu d'instants, elle est aux pieds
de sa Bonne Mère.

Elle la salue en se prosternant profondément, puis se
ressouvenant de son ancienne familiarité, elle exhale de
son âme ravie cette plainte filiale : « Ma bonne Dame,
d'où vient que vous m'avez privée si longtemps de l'hon -
neur de vous voir ! » La radieuse Vierge sourit avec bienveillance et répond à sa fille chérie en versant en son âme
les plus douces consolations ; puis elle ajoute, en montrant
le côté septentrionnal du monticule : « Allez au Laus, vous
y trouverez une petite chapelle d'où s'exhaleront de bonnes odeurs ; là vous m'y parlerez très souvent, et très
souvent vous m'y verrez. » Après ces mots, elle disparaît.

Le lieu où venaient de se poser les pieds de la Reine du
ciel s'appelle Pindrau ; on y a élevé, comme au vallon des
Fours, un modeste oratoire commémoratif, que le pèlerin
rencontre en montant au Laus par le chemin de Saint-
Étienne. Un jour, nous l'espérons, il sera remplacé par
un édifice plus en rapport avec le souvenir qu'il garde.
Un groupe artistique et monumental de l'Apparition orne-
rait parfaitement cette avenue du Laus, comme la chapelle
du Précieux-Sang décore admirablement l'avenue orientale.
La piété a élevé la chapelle, la piété dressera le groupe.

CHAPITRE V

La Sainte Vierge & la Vénérable Sœur Benoîte au Laus

Nous avons fait connaître plus haut le vallon du Laus et la chapelle de Bon-Rencontre (1) dont vient de parler la Sainte Vierge lorsqu'elle a dit à Benoîte : « Allez au Laus ; en voilà le chemin, suivez-le, jusqu'à ce que vous trouviez une petite chapelle où vous sentirez de bonnes odeurs. C'est là que je vous parlerai et que vous me verrez très souvent. »

Inutile de dire que la Bergère s'empressa de suivre les ordres de la Sainte Vierge. Elle prit donc toute joyeuse, le sentier qui devait la conduire au Laus ; mais la Providence met presque toujours une peine à côté du plaisir ; elle ne permit donc pas que la jeune fille arrivât sans encombre au terme de son bonheur. Benoîte s'égara et erra assez longtemps avant de trouver la petite chapelle. Les bois qui couvraient en partie le vallon lui dérobèrent, sans doute, la vue de l'humble oratoire. Et puis, rien ne distinguait le futur palais de la Reine du Ciel des pauvres chaumières qu'habitaient d'obscurs cultivateurs. Impatiente de respirer les suaves parfums qui doivent lui indi-

(1) Chapitre II, page 22.

quér l'édifice sacré, la Bergère court de porte en porte, mais en vain, nulle senteur céleste ne vient la réjouir. Des larmes abondantes alors s'échappent de ses yeux et coulent sur son angélique figure ; néanmoins elle ne se décourage pas et poursuit ses recherches avec une persévérance résignée La récompense de tant de vertu lui est accordée. La porte entr'ouverte d'une chétive maisonnette laisse arriver jusqu'à elle les inéffables effluves des aromes divins. C'est là !.... L'enfant se précipite et aperçoit sur l'autel poudreux et dénudé sa Bonne Mère qui l'accueille par ces paroles empreintes d'une maternelle tendresse : — « Ma fille, vous m'avez bien cherchée, il ne fallait pas pleurer, néanmoins vous m'avez fait plaisir de ne vous impatienter pas. » La Bergère salue profondément, tombe à genoux et se prosterne avec ses soumissions ordinaires, puis levant les yeux, elle voit l'autel qui sert de trône à la Mère de Dieu, tout nu et tout couvert de poussière. — « Ma très honorée Dame, s'écrie-t-elle aussitôt, agréerez-vous que j'étende mon tablier sous vos pieds ? Il est tout blanc. » — « Non, gardez-le, répond l'auguste Vierge. » La conversation continue longtemps encore sur ce ton admirablement familier entre la Mère de Dieu et l'humble Bergère Celle-ci gémit sur l'extrême pauvreté de la chapelle où sa Bonne Mère vient d'élire domicile, et la Sainte Vierge, avec une indicible condescendance, fait part à sa fille bien-aimée de ses vues et de ses projets. — « Cette chapelle est bien pauvre, dit Benoîte, et dans un état peu convenable. » — « Ne vous mettez pas en peine, répond la douce Vierge, dans peu de temps, il ne manquera rien ici, ni linges, ni nappes, ni cierges, ni ornements. Je veux faire construire en ce lieu une grande église, avec un bâtiment

SŒUR BENOITE OFFRE SON TABLIER A LA SAINTE VIERGE

pour quelques prêtres résidants. Cette église sera bâtie
en l'honneur de mon très cher Fils et au mien ; beaucoup
de pécheurs et de pécheresses s'y convertiront ; elle sera
de la longueur et de la largeur qu'elle doit avoir et comme
je la veux ; vous m'y verrez très souvent. » — « Bâtir
une église, réplique la Bergère ! mais il n'y a point d'argent ici pour cela ; il faudra demeurer dans cette chapelle,
comme elle est. » — « Ne vous inquiétez pas, insiste la
Mère de Dieu, quand il faudra bâtir on trouvera tout ce
dont on aura besoin, et ce sera bientôt. Les deniers des
pauvres fourniront tout ; rien ne manquera. »

L'entretien avait fait oublier à Benoîte qu'il se faisait
tard. Sa Bonne Mère l'en avertit et l'invita à se retirer en
lui disant, que ses maîtres la cherchaient. La Bergère,
toute ravie, reprend le chemin de Saint-Etienne, mais
c'est pour revenir le lendemain et tous les jours pendant
le reste de l'année. La pauvre enfant n'est heureuse qu'auprès de sa Bonne Mère ; nulle autre part, elle ne trouve
tant de douceur et de consolation ; c'est pourquoi elle
n'hésite pas à gravir, chaque jour, les pentes escarpées
du coteau, pour se procurer le bonheur de la voir et de
l'entendre. Ces ravissements duraient plusieurs heures,
ordinairement deux ou trois, et très souvent ils se seraient prolongés bien au-delà, si la Sainte Vierge n'y
avait mis fin en congédiant sa fille bien-aimée. Cette mère
admirable ne voulait point que son enfant oubliât ce
qu'elle devait à son humble métier, à la satisfaction de ses
maîtres.

Pendant ces délicieux entretiens, la Sainte Vierge con-
tinuait avec une douceur et une patience toutes divines
à former la Bergère à sa future mission, sur les lieux
mêmes qui devaient lui servir de théâtre Une mère n'est

pas plus soucieuse à préparer l'âme de sa fille aux grands devoirs qui l'attendent. Benoîte était bien, en effet, l'enfant de Marie ; elle l'appelait sa Bonne Mère et, depuis, le mot est resté. Aujourd'hui encore, dans tout le vallon, la Sainte Vierge est connue sous le nom de la *Bonne Mère*... Monument d'autant plus sûr que le titre est nouveau, même après que l'Eglise semble avoir épuisé les noms de la Sainte Vierge dans ses litanies : car celui-ci ne s'y trouve point.

Attentive à diriger tous les mouvements du cœur de son élève, la divine institutrice s'efforce par dessus tout d'inoculer dans l'âme de la Bergère un grand zèle pour la conversion des pécheurs. C'était là le grand but que la Mère de Dieu voulait atteindre avec le concours de l'humble enfant du village. Aussi elle lui en parle très souvent, et très souvent elle lui recommande de *prier continuellement pour les pécheurs,*

CHAPITRE VI

Deuxième année du Pèlerinage. — Premiers concours
Premiers prodiges

La Sainte Vierge, avons-nous dit, a demandé à son Fils, le Roi de l'univers, un coin de son vaste empire, pour y travailler à la conversion des pécheurs. La supplique était trop conforme aux desseins miséricordieux du Sauveur pour être rejetée. Le Laus est donc inféodé à la Reine du Ciel, qui en prend possession en 1664. En 1665 commence l'œuvre divine, et quelle œuvre ! Il s'agit d'amener, dans ce désert, les âmes égarées sur toutes les voies du siècle et dispersées dans des régions parfois lointaines ; il faut ensuite réveiller ces consciences endormies, leur faire contempler l'abîme ouvert sous leurs pieds, les mettre en présence de leur dégradation, leur communiquer assez d'énergie pour se montrer au prêtre, pour rompre avec des habitudes invétérées et pour marcher désormais dans la justice et dans la sainteté, malgré les amorces du vice et malgré les tyrannies de la complicité ou du respect humain. A ce travail, les ressources humaines ne suffiraient pas ; mais la Sainte Vierge a des moyens admirables.

L'un de ces moyens fut d'abord de guérir les infirmités humaines. Il n'en fallait pas davantage pour attirer les pécheurs au Laus et leur rendre, avec la vie du corps, la vie de l'âme. Aucune infirmité ne reste incurable. Dès la première année, nous disent les manuscrits, les boiteux marchent, les aveugles voient, les sourds entendent, comme dans la Judée, au passage du divin Fils de Marie. A tout instant, ce cri s'échappe de la foule : *Miracle ! Miracle ! Je suis guéri.* Les prodiges tombent des mains de Marie avec tant de facilité qu'elle paraît quelquefois ne pas s'en apercevoir. M. Grimaud, juge de paix, peut constater soixante guérisons miraculeuses arrivées pendant les deux premiers étés où le pèlerinage s'établissait par de si grands et si remarquables concours. L'une des premières de ces guérisons est opérée en faveur du fils d'un chirurgien de Gap. On dirait que la Sainte Vierge a voulu obliger la science à rendre témoignage à son pouvoir divin et à reconnaître ce surnaturel qui fait tant ombrage à certains esprits. Pierre de Caseneuve était affligé de sept ulcères qui dévoraient ses membres inférieurs ; de plus, une ophtalmie qui le faisait souffrir depuis quinze mois le rendait presque complètement aveugle. Le chirurgien n'avait rien épargné pour le guérir. A bout de ressources, son père le fait porter au Laus. L'enfant recouvre la vue, ses ulcères se ferment, et il retourne à Gap à pied et radicalement guéri.

La dernière guérison notée par M. Grimaud est celle de la propre fille de ce magistrat. Après les avoir toutes racontées, il ajoute : — « Il y en a une infinité d'autres, desquelles on n'a pu avoir connaissance, et surtout une grande quantité de boiteux et estropiés, qui ont laissé leurs potences sans avoir voulu rien dire par humilité ou autrement. »

Tant de prodiges, naturellement, attiraient beaucoup

de pèlerins. Dès le printemps de l'année suivante, 1665, la foule envahit le vallon du Laus jusqu'alors inconnu ; il s'y fit un nombreux concours le jour de Saint-Joseph, 19 mars, et le 25, fête de l'Annonciation. A la Croix de mai, *trente-cinq processions* s'y rencontrent à la fois. Depuis la Pentecôte jusqu'à la fin de l'année suivante, c'est-à-dire dans l'espace d'un an, si on déduit le temps d'un hiver où les chemins sont fermés par les neiges, *cent trente mille âmes* ont passé là, au rapport de M. Grimaud.

Cent trente mille âmes dans ce pli de montagne, dans cette solitude à peine connue ! Toute la population de la Province ne fournirait pas ce chiffre. D'où viennent donc ces masses d'hommes ? — De partout, de toutes les parties du Dauphiné, de la Savoie, du Piémont, de la Provence, du Lyonnais, et même du fond de l'Espagne. Un homme boiteux arrive de deux cents lieues, marchant à pied avec sa béquille. Qui a convié tous ces étrangers ? Personne, excepté ceux qui reviennent et qui ont vu ; car à cette époque, il n'y a point de journaux. Et remarquons que la foule est composée, comme le monde, de gens de tout état, de toute condition et de tout sexe : on y compte même beaucoup de curieux, de contradicteurs, d'opposants, qui s'en retournent pénétrés, transformés, convaincus, convertis.

La présence du malade n'est pas même nécessaire, car la vertu de Marie opère à distance. Ceux qui sont trop faibles, trop pauvres ou trop éloignés se *vouent* à Notre-Dame du Laus, de tous les points où son nom a pénétré, et viennent ensuite, plein de santé et de joie, rendre leur vœu à son Sanctuaire. C'est ainsi que font tous ceux qui se trouvent dans un danger pressant, qui luttent avec l'agonie, ou que la tempête a surpris sur les mers, car le

Sanctuaire des Alpes est connu jusque sur l'Océan : témoin des chaînes de captif appendues, en *ex-voto*, aux murs de son temple, par un chrétien échappé des mains de corsaires musulmans.

Ce fut aussi en faveur des mêmes malades, pauvres, éloignés, empêchés, que la Sainte Vierge communiqua à l'huile de la lampe qui brûle devant son autel, où réside le Saint-Sacrement, la vertu de guérir au loin. Elle fait connaître cette nouvelle bonté à la Bergère, en lui disant que « ceux qui se serviront avec foi de cette huile pour oindre leurs membres malades, en seront grandement soulagés. »

Depuis ce moment, la lampe du Sanctuaire est une divine pharmacie qui, dans un peu d'huile, fournit les remèdes les plus efficaces contre toutes les infirmités humaines. Une seule condition est requise pour que le résultat soit sûr, c'est que le baume merveilleux soit appliqué avec la foi qui transporte les montagnes. Des faits nombreux attestent l'efficacité de l'antidote divin. Aujourd'hui encore, la lampe a conservé ce privilège. Il ne se passe pas d'années que nous ne voyions des pèlerins revenir remercier la Sainte Vierge pour des guérisons obtenues par l'huile de la lampe. Mais le prodige le plus extraordinaire est celui que la Sainte Vierge opère en faveur des enfants morts sans baptême. Les enfants étaient apportés à la Reine des Anges, et déposés sur son autel. Cet autel avait la vertu de leur rendre, au moins un moment, la vie. Au premier mouvement, à un soupir, à un battement de cœur, l'eau sainte du baptême coulait sur leur front. Ordinairement, ils se rendormaient bien vite, et, fortune digne d'envie ! sans avoir connu, pour ainsi dire, ni la vie, ni la mort, ils s'envolaient réellement du Laus au

Paradis. Sur cet autel, où la destinée humaine est si rapide et si douce, on vit déposer des enfants déjà glacés ; l'un avait cessé de respirer depuis huit jours ; un autre avait été déterré par la foi vive de sa mère, après vingt-quatre heures passées dans le champ de la mort.

Ce genre de prodige en appelle un autre, qu'une mère ne devait point oublier : les femmes stériles obtiennent la fécondité en priant la douce Vierge. Ici encore nos manuscrits et les Annales relatent un grand nombre de pareilles faveurs obtenues par l'intercession de la Bonne Mère du Laus. Nous nous contenterons de citer seulement un fait puisé dans les Annales, 30 décembre 1887. « Un ménage, doué des autres dons du ciel, manquait de cette grâce de la fécondité : c'était bien, selon l'expression du bienheureux Nicolas de Flue, un ciel sans étoiles. La jeune femme vint au Laus et, dans sa prière, elle dit à la Bonne Mère : « Plutôt douze que point. »

» Or, il y a deux mois, elle venait au Laus rendre grâces : elle en était à son onzième, tous pleins de vie et de santé, la joie et la félicité de la maison. Huit de ces enfants accompagnaient l'heureuse mère et les cinq plus grands faisaient, avec elle, la sainte communion au vénérable Sanctuaire. — « Nous reviendrons en plus grand » nombre, disait-elle en souriant : les petits sont restés à » la maison, mais ils accompagneront le douzième. »

Nous ne surprendrons pas le lecteur en disant que le bruit de ces merveilles avait franchi les limites du pays et s'était répandu au loin. M. Gaillard, qui fut plus tard Vicaire général et chanoine de Gap, entendit à Grenoble le récit des choses admirables qui faisaient accourir, dans ce désert béni, des milliers de pèlerins. Il voulut voir par lui-même, comme la Reine de Saba, et s'assurer de la réalité des faits. Écoutons-le raconter lui-même ses impressions.

« Je pars avec mon neveu, curé de Saint-Laurent, de Grenoble, pour aller voir sur les lieux ce qu'il en est. C'était après Notre-Dame d'août. Du haut de la montagne, sitôt que je vois la petite chapelle, je me mets à genoux, j'adore Dieu et lui demande trois grâces pour l'intérieur de mon âme, que j'ai connu à la suite m'avoir été accordées. C'est ce qui m'a porté à m'attacher entièrement à cette dévotion, à y consacrer mon corps et mon âme, à y donner tous mes biens avec ma bibliothèque, après ma mort, et à m'y faire enterrer, s'il plaît à Dieu.

» Je descends. Quand je vis une si grande affluence de peuple, tant de processions, des gens si contrits et humiliés, quand j'entendis tout ce qu'on disait de ce lieu et tout ce qui s'y faisait, je fus comme la Reine de Saba : j'en vis plus encore qu'on ne m'en avait dit. »

Cette première impression, si favorable au Laus, ne se démentit plus chez M. Gaillard. Le vénérable Docteur se dévoua corps et âme à l'œuvre de la Sainte Vierge. Il en prit en main tous les intérêts, de quelque ordre qu'ils fussent. L'un de ses premiers soins fut de tenter une démarche officieuse auprès de l'administration diocésaine, afin de l'inviter à se préoccuper de ce qui se passait au Laus. Il écrivit donc à M. Lambert, qui, depuis seize ans, administrait le diocèse d'Embrun, en l'absence de Mgr Georges d'Aubusson de la Feuillade, ambassadeur pour le roi, à Madrid.

CHAPITRE VII

Première visite de M. Lambert, vicaire général d'Embrun, au Laus

M. Gaillard ne fut pas le premier à instruire l'Official d'Embrun. La renommée avait apporté à la ville métropolitaine le bruit des choses étranges qui se passaient au Laus. Le public était saisi de cette affaire ; il en parlait avec des appréciations diverses, surtout à Embrun, et en voici la raison. Il y avait dans cette ville, sous le magnifique porche latéral de la vieille cathédrale, une antique image de la Vierge, nommée le *Réal* (royal), parce que les Rois Mages y étaient représentés devant l'Enfant-Jésus reposant entre les bras de sa divine Mère.

Le *Réal* était le but d'un pèlerinage qui remontait, par une longue liste de miracles, jusqu'au temps de Charlemagne, et faisait accourir sur le roc d'Embrun de nombreux et parfois illustres pèlerins. Des seigneurs, des princes, des rois même, tels que Charles VII, Louis XI, Charles VIII de France et Édouard II d'Angleterre, étaient venus rendre leurs vœux à Notre-Dame d'Embrun, et lui offrir leurs présents, à l'exemple des Mages.

Or, depuis quelque temps, le fameux pèlerinage n'était plus fréquenté comme il l'avait été jadis. Les pèlerins devenaient même de plus en plus rares depuis que les merveilles du Laus attiraient les populations au saint vallon. On aurait dit que la Sainte Vierge fuyait le tumulte de la cité pour le silence du désert et entraînait les multitudes à sa suite, comme son Fils le faisait autrefois en Judée.

Quelques esprits étroits ne purent voir sans chagrin que le *Réal* fût remplacé par l'oratoire de chaume. Ils s'échauffèrent outre mesure et firent jouer tous les ressorts de leur piété mesquine pour forcer la main à l'administration et l'amener à des mesures de rigueur contre le nouveau pèlerinage. Mais M. Lambert, vicaire général, et administrateur du diocèse d'Embrun, en l'absence de l'Archevêque, Mgr d'Aubusson, avait l'âme trop élevée pour se laisser étourdir par ces clameurs pharisaïques. La gloire du Réal lui était chère sans doute, les intérêts de la Métropole ne lui étaient pas indifférents ; mais une pensée dominait ses idées et lui tenait au cœur par dessus tout : c'était l'honneur de la religion et le bien des âmes. Pour rien au monde il n'aurait sacrifié ces grands intérêts. Ce fut par dessus tout à cause de ces intérêts si chers qu'il crut devoir s'enquérir de la nature des faits extraordinaires qui se passaient au Laus. Il pouvait y avoir là du surnaturel divin ou du surnaturel diabolique, de vraies apparitions célestes ou des visions fantastiques.

M. Lambert se rend au Laus et pour donner plus de retentissement à sa visite, il se fait accompagner par le Père Gérard, alors Recteur du Collège des Jésuites à Embrun et de plusieurs autres : prêtres et laïques éminents. Ils étaient vingt en tout. Le nombreux cortège arriva au Laus en septembre, la première année des concours, peu de jours après la Nativité de la Sainte Vierge, fête patronale de Notre-Dame d'Embrun, solennité jadis splendide, qui, cette année, avait laissé des vides immenses sous les vieilles voûtes, les populations oublieuses s'étant portées vers le pauvre ermitage.

Lorsque Benoîte apprit l'arrivée de ses juges, elle voulait se sauver ; mais la Sainte Vierge lui apparut et lui dit : — « Ne craignez rien, ma fille ; il faut rendre raison aux gens d'Église : répondez à toutes les questions qu'on vous adressera ; je suis avec vous. » Puis elle conclut par ces paroles remarquables : — « Les prêtres peuvent bien commander à mon Fils, et non à moi, » — faisant ainsi allusion aux sacrements, où l'homme commande, en effet, et Dieu obéit. Après ce confort, Benoîte attendit tranquillement ses juges et parut devant eux plus tranquillement encore.

Elle entendit sans pâlir la menace des châtiments qui lui étaient réservés dans le cas où elle aurait trompé le peuple. Elle parla simplement de ses visions, s'expliqua naïvement sur tout ce qui se passait autour d'elle ; elle satisfit à toutes les questions qui lui furent adressées, et ne manqua pas de répéter, d'après sa Bonne Mère, que les prêtres peuvent bien commander à Jésus-Christ, mais non à la Sainte Vierge. — « Eh ! bien, reprit le vicaire général, si ce que l'on dit est vrai, priez Jésus et Marie de me faire connaître la vérité par quelque signe ou par quelque miracle, et si c'est là le bon plaisir de Dieu et de sa Sainte Mère, j'apporterai tous mes soins à accomplir sa volonté ; mais prenez-y garde encore une fois, s'il n'y a là que des illusions et des effets de votre imagination pour abuser le peuple, je vous châtierai rigoureusement pour détromper ceux qui croient ; je réprimerai les abus par tous les moyens qui sont en mon pouvoir. » — Benoîte, avec sa simplicité ordinaire, remercie le

vicaire général de ses bons avis et lui promet de prier
selon ses intentions.

Nous allons voir si la prière de Benoîte est efficace.
L'interrogatoire terminé, M. Lambert s'occupe de régler
le service de la chapelle. Ce devoir de sa charge rempli,
il se dispose à prendre le chemin d'Embrun, mais au
moment où il va partir, une grosse averse le force de
rester. Pareille chose se renouvela deux fois le lendemain, jeudi. Et ce qu'il y eut de plus remarquable, c'est
qu'il ne pleuvait que dans l'enceinte du vallon. Il fallut
donc remettre le départ au vendredi 18 ; c'était ce que
voulait la Très Sainte Vierge. Ce jour-là, une pauvre
estropiée terminait sa neuvaine et allait recevoir la
récompense de sa foi.

Catherine Vial, c'est le nom de la malade, était fille de
Jacques Vial et d'Antoinette Vincent, de Saint-Julien-en-
Beauchêne, petit village situé sur les limites des Hautes-
Alpes et de la Drôme. Elle était mariée depuis plusieurs
années à Gabriel Bois, du même lieu. Quelque temps
après son mariage, elle fut affligée d'une rétraction des
nerfs aux jambes, ce qui la fit horriblement souffrir et la
mit dans un pitoyable état. Les jambes repliées en arrière
et sur elles-mêmes, adhéraient si étroitement aux cuisses,
que nul effort n'aurait pu les séparer.

L'infortunée ne pouvait se mouvoir qu'en se traînant
sur le carreau. Elle se fit transporter au Laus pour y
faire une neuvaine et solliciter sa guérison de Celle que
l'Église nomme le Salut des infirmes, *Salus infirmorum.*
Un médecin de Serres et Corréard, chirurgien de Veynes,
tous deux huguenots, avaient déclaré la maladie incurable. L'un d'eux, voyant partir la pauvre infirme pour
le Laus, avait dit : — « Oh ! si celle-là revient sur ses

jambes, je me fais catholique. » — Les gens du Laus
qui la voyaient chaque matin à la chapelle, où elle passait
presque toute la journée accroupie sur une table, étaient
émus de compassion. Son infirmité durait depuis six ans.
Or, le dernier jour de sa neuvaine, vers minuit, elle
sent ses jambes se mouvoir et s'étendre d'elles-mêmes ;
elle appelle sa mère qui l'avait accompagnée, *se lève et se
jette à genoux pour bénir la Sainte Vierge ;* elle était
guérie. Aussitôt qu'il fut jour, elle se dirigea vers la
chapelle avec des transports de joie, que partagèrent
tous ceux qui la virent arriver.

En ce moment, M. Lambert était à l'autel et achevait
sa messe. Un bruit insolite, puis des exclamations de
joie, attirèrent d'abord son attention ; enfin le mot *miracle !* frappa distinctement son oreille, en même temps que
le nom de Catherine Vial. Soudain, il se sent profondément attendri ; d'abondantes larmes coulent de ses yeux
et mouillent l'angle de l'autel où il a de la peine à réciter
le dernier évangile. Le docteur Gaillard, qui, avec une
humilité d'enfant, s'était constitué son servant de messe,
ajoute : « Je suis un fidèle témoin de ce qui s'est passé. »

Après son action de grâces, le grand vicaire veut voir
la miraculée ; il l'interroge très minutieusement, il la fait
marcher devant lui, il questionne ensuite sa mère, son
frère et plusieurs autres témoins. Les affirmations reçues
sous la foi du serment, sont unanimes et invariables. Le
grand vicaire est convaincu ; il a devant lui un miracle
de premier ordre. Aussi il ne peut s'empêcher de rendre
gloire à Dieu, et vingt fois on l'entend répéter ces paroles
sacrées : « *Digitus Dei est hic,* le doigt de Dieu est là. »

Le Père Gérard, plus incrédule encore que le grand
vicaire, il y a quelques jours, s'avoue aujourd'hui égale-

ment vaincu. — « Il y a quelque chose d'extraordinaire dans cette chapelle, dit-il à M. Peythieu ; oui, le doigt de Dieu est là. »

M. Lambert et sa suite comprirent alors pourquoi, malgré trois tentatives réitérées, ils n'avaient pu partir, ni la veille ni l'avant-veille. La Sainte Vierge voulait avoir en eux des témoins irrécusables, des témoins incrédules et ne cédant qu'à l'évidence des faits. Pour remplir ce dessein de la Mère de Dieu, le grand vicaire consent, avant de partir, à faire une enquête juridique sur le fait miraculeux dont il a été témoin, et à en dresser un procès-verbal authentique. Nos manuscrits nous ont conservé le texte de ce procès-verbal.

Après cette enquête solennelle de M. Lambert, on pourrait croire que l'autorité ecclésiastique ne devait plus venir lutter sur le même terrain. Il n'en fut rien cependant. L'autorité diocésaine est intervenue à plusieurs reprises. En 1669, M. Janelly, vicaire général, successeur de M. Lambert, pour éviter trop d'éclat à sa démarche, fait venir la Bergère à Embrun, où elle demeure quinze jours. Les manuscrits nous disent que, tous les jours, elle était soumise à un long interrogatoire auquel prirent part plusieurs pères Jésuites. Inutile de dire que toutes les précautions, toutes les ruses, tous les détours ne servirent qu'à mettre en relief la vérité qui s'exprimait par sa bouche avec tous les charmes de la simplicité et de la douceur. L'admiration gagnait les juges. Cette admiration ne connut plus de bornes lorsqu'ils purent se convaincre que, prisonnière, Benoîte ne prenait aucune espèce de nourriture. Pour acquérir cette conviction, M. Janelly l'avait fait garder à vue, jour et nuit, dans sa propre demeure. C'est pendant son séjour dans la ville épiscopale que la Sainte Vierge apparut à Benoîte sur le maître-autel de l'antique Métropole, revêtue d'un manteau royal et le front ceint du diadème. Benoîte tomba en extase, et, à cette vision, en succéda une autre plus radieuse encore. Notre-Seigneur lui-même se montra à sa Servante, sous la forme d'un admirable enfant, debout sur l'autel. Ces faveurs si extraordinaires remplirent l'âme de Benoîte d'une joie et d'une allégresse telles que l'éclat en rejaillissait sur son front. Le grand vicaire voulut savoir la cause de cette merveille. La Bergère lui avoua, en toute simplicité, qu'elle avait eu le bonheur de voir la Mère de Dieu et son divin Fils. Elle lui redit fidèlement ces paroles de la Sainte Vierge : — « *J'ai demandé le Laus à mon divin Fils pour la conversion des pécheurs et il me l'a octroyé : la dévotion du Laus sera encore bien contrariée ; mais ne perdez pas courage ; priez au contraire instamment mon cher Fils : les ennemis du Laus seront confondus et la dévotion sera plus grande que jamais.* » (30 juin 1669.)

Une troisième enquête plus solennelle eut lieu en 1672. Elle fut dirigée par Monseigneur de Genlis, qui vint en personne au Laus. Après un très long interrogatoire qu'il fit subir lui-même à la Bergère, il ne put s'empêcher de s'écrier que, de sa vie, il n'avait vu une semblable vertu.

Ces trois enquêtes, faites par l'autorité diocésaine avec l'intention bien connue de convaincre Benoîte d'hallucination, de proscrire la dévotion du Laus si les faits n'avaient pas été véridiques, et qui se terminent toutes les trois au milieu des miracles, des prodiges que les enquêteurs convaincus étaient obligés de constater juridiquement, sont pour le pèlerinage une preuve irrécusable de la certitude des faits merveilleux qui l'ont établi.

CHAPITRE VIII

Construction de l'Église du Laus

Comme nous venons de le voir, le Laus était déjà célèbre au loin et la Sainte Vierge n'avait encore pour demeure que l'humble et petit oratoire dont nous avons parlé. Les jours de concours, la foule entourait de ses rangs pressés la sainte chaumière, ne pouvant pénétrer à l'intérieur ; les prières, les chants, frappaient l'air du vallon et les miracles se faisaient en plein vent. Il fallait donc songer à construire une chapelle plus vaste que l'ancienne qui permît, non pas d'abriter tous les pèlerins, (cela aurait été impossible), mais d'y faire les cérémonies du culte d'une manière convenable. C'était, d'ailleurs, la volonté expresse de la Sainte Vierge. Elle l'avait déclaré à la Bergère le jour de sa première apparition dans la chapelle de Notre-Dame-de-Bon-Rencontre. Les difficultés, il est vrai, les plus nombreuses et les plus insurmontables au point de vue humain, vont se dresser devant ce projet, mais celle qui commande là en souveraine saura bien les aplanir.

Et, d'abord, il est besoin d'une autorisation canonique ; or, le pouvoir diocésain sera-t-il disposé à l'accorder ? Puis, il faudra de l'argent, et beaucoup, pour élever un édifice qui mérite le nom d'église ; et ce que Benoîte disait, il y a deux ans, est encore vrai : « Il n'y a point d'argent ici pour cela. » Enfin, le Laus est inaccessible aux voitures et dépourvu des premiers matériaux propres à bâtir ; qui donc amènera là pierres, chaux, sable et bois ? Tous ces obstacles, propres à effrayer les esprits les plus entreprenants, ne peuvent arrêter un seul instant ni Benoîte, ni Pierre Gaillard. La Sainte Vierge a fait cette œuvre sienne ; elle s'en est constituée le principal entrepreneur, qu'ont-ils à craindre ? Elle a opéré au Laus des prodiges bien supérieurs à celui qu'on lui demande : sa puissance ne saurait donc être en défaut. Et, en effet, les difficultés vont disparaître une à une, au grand étonnement de tout le monde.

En premier lieu, les dispositions de l'autorité diocésaine, que l'on avait lieu de croire peu favorables au projet, furent, au contraire. propices et bienveillantes. M. Lambert ne se fit même pas prier. « Apprenant, dit M. Gaillard, que le concours du peuple est toujours plus grand, le vicaire général d'Embrun va au Laus avec des maîtres-maçons, à dessein d'y faire une petite église avec deux ou trois autels, afin que dans les concours on puisse y dire deux ou trois messes à la fois. »

M. Gaillard se trouvait au Laus. Laissons-le raconter lui-même l'intéressant épisode de la construction de l'église.

« Je me trouve au Laus le jour indiqué. Parlant avec les maîtres ouvriers de ce qu'on devait faire pour bâtir là une petite église, le grand vicaire se tourne de mon côté, et me demande de quelle longueur et de quelle largeur elle devait être dans œuvre. — De quinze toises de long, au moins. et de six de large, répondis-je. — Vous n'y pensez pas !... La dévotion durera peut-être huit ou dix ans, comme tant d'autres qui, après, ont fini dans le relâchement ; une grande église est donc inutile là. D'ailleurs le transport des matériaux nécessaires occasionnera de très grandes dépenses, et, quand vous aurez commencé cet édifice avec ces dimensions ; vous ne saurez l'achever. — La dévotion, répliquai-je, durera plus que nous ; quant aux moyens, Dieu et sa Sainte Mère y pourvoiront. Du reste, vous êtes le maître, faites-en ce qu'il vous plaira. En ce moment, je quittais le grand vicaire pour entendre des gens qu'il m'avait prié de confesser. Dans l'intervalle, M. Lambert s'entretient seul avec les maîtres ouvriers ; puis il me fait appeler, m'accorde douze toises pour l'église, et m'en confie la direction. Nous donnons le prix-fait à Gavi, de la Val-d'Aoste. » C'était le 4 juillet.

Aussitôt on se met à l'œuvre et pendant qu'on rassemblait les matériaux, on creusait les fondations de l'église ; ce même automne 1666, M. Gaillard bénit solennellement la première pierre en présence du Provincial des Dominicains de Gap, du Prieur de Saint-Étienne, de beaucoup d'autres prêtres, et d'un grand nombre de fidèles.

Au printemps suivant, les murs s'élevaient déjà à la hauteur de deux mètres. M. Lambert vint visiter les travaux ; il était accompagné du P. Gérard, recteur du collège des Jésuites. Les murailles qui émergeaient d'un mètre au-dessus du sol, dessinaient clairement une nef dont le chevet allait se joindre à la façade de l'ancienne chapelle de Notre-Dame-de-Bon-Rencontre. De sanctuaire, il n'y en avait point, à moins que l'on considérât comme tel la pauvre petite chapelle. Ce plan était évidemment fautif. Au premier coup d'œil, le vicaire général fut frappé de tout ce qu'il avait de disgracieux. Interpellant aussitôt M. Gaillard, d'un ton de voix qui décelait un vif mécontentement : « Est-il possible, s'écria-t-il, que vous ayez

pu tracer une église sans presbytère (1) ? C'est là une faute qui témoigne d'une étrange ignorance. » — « Ce n'est point par ignorance, répondit le pieux docteur, que j'ai agi ainsi. Je vous avais demandé quinze toises, et quinze toises elle aura, avec l'aide de Jésus et de Marie (2). » Là-dessus, le P. Gérard se récria, à son tour, sur les dimensions exagérées de la nouvelle église et sur l'énormité de la dépense qu'elle occasionnait. « Si on vient à bout, dit-il, d'élever en un tel lieu, un édifice aussi considérable, ce sera le plus grand miracle qui soit fait au Laus. » M. Gaillard répondit au jésuite : « L'église sera faite dans quatre ans, j'en demande six néanmoins, au cas que les maîtres-maçons viennent à mourir ou les matériaux à manquer. Si dans six ans ans elle n'est pas faite, et le sanctuaire aussi, je vous donne en garantie ma maison qui me coûte huit mille livres, — qu'on fasse venir un notaire ; — j'engage de plus ma bibliothèque, qui m'en coûte trois mille, et pourvu qu'on me laisse un peu de quoi vivre et avoir du pain, je baillerai encore mes revenus. » Devant une foi si vive, qui poussait à une détermination si héroïque, M. Lambert se calma. « Je me fie à votre parole, dit-il à l'archidiacre, et je prie Dieu de vous donner la force et les moyens d'achever votre œuvre. »

Ce vœu fut entendu : malgré les difficultés sans nombre dont nous avons parlé, malgré la disette du numéraire, toujours grande dans nos montagnes, mais surtout au

(1) Le *presbyterium* ou sanctuaire est le lieu réservé aux prêtres.

(2) M. Gaillard sut plus tard, (1708), que les dimensions pour lesquelles il plaida si chaleureusement étaient celles que la Sainte Vierge avaient fixées à Benoîte, le jour de sa première apparition au Laus.

temps troublé des guerres de Louis XIV, le monument se
dessinait chaque jour de plus en plus et s'élevait avec
une célérité surprenante. La première année, les murs
atteignirent la hauteur voulue ; la seconde les mit à l'abri
sous une toiture élégante et solide ; la troisième jeta sur
la nef une voûte un peu basse, il est vrai, mais bien har-
monisée, pendant que s'élevait ce sanctuaire qui devait
abriter l'antique oratoire de Bon-Rencontre ; enfin la
quatrième année embellissait l'édifice sacré et l'appuyait
par des contreforts en pierre de taille (1).

Le miracle du P. Gérard était fait, et on pouvait dire,
dès lors, ce qui fut écrit plus tard : « Cet édifice fut
commencé presque avec rien ; les mains des pauvres en
ont assemblé les matériaux ; les aumônes en ont creusé
les fondements ; la Providence en a élevé les murs, et la
confiance en Dieu l'a achevé. »

Cette église, construite d'une manière si touchante à la
fois et si miraculeuse, existe aujourd'hui telle que la
Sainte Vierge l'a voulue et l'a laissée, si ce n'est que,
dans la première moitié de ce siècle, on y a ajouté un clocher de forme byzantine et une chapelle absidiale. Solide,
modeste, convenable et commode, elle est surtout empreinte d'un grand caractère religieux qui saisit le pèlerin
dès l'entrée et le porte sans efforts au recueillement et à
la prière.

Il faut être sur les lieux pour juger l'église à un autre
point de vue. On ne peut, certes, la comparer aux sanctuaires des pèlerinages nouveaux, à ces vastes basiliques,
vrais monuments, qui coûtent des millions. Au Laus,
c'est le luxe des grâces qui domine. Si la Sainte Vierge

(1) Ces contreforts n'ont été que commencés et ne sont pas
sortis de terre.

VUE INTÉRIEURE DE L'ÉGLISE

avait voulu un plus bel édifice, elle aurait choisi un autre lieu et un autre temps. Toute la durée du règne de Louis XIV est marquée par une misère, parfois excessive, qui pèse sur toutes les provinces. Quant au lieu, tout est bien : l'église du Laus est en harmonie avec les pauvres vallées qui y viennent aboutir. Aujourd'hui, c'est bien différent : la France est riche, et elle reste généreuse envers la Sainte Vierge. Que la divine Marie fasse un signe, aussitôt l'or abonde et, avec l'or, les grands artistes et les matériaux de choix. L'on doit s'en réjouir.

Mais on trouvera toujours, plus que nulle part, dans l'église du Laus, le recueillement dont l'âme a besoin plus que d'objets d'art. Le recueillement la saisit dès la rentrée et la captive. On ne peut sitôt se retirer, une fois qu'on est arrivé au pied de l'autel, sous ce vaisseau construit pour abriter le pauvre pécheur. On sent le besoin de s'attarder sur ces dalles, d'y prier, d'y gémir, d'y pleurer. Une voute large et basse, pareille à une tente enflée par le vent, plane sur la tête du pèlerin et l'invite au repos, pendant qu'une douce obscurité le fait rentrer en lui-même ; de rares ouvertures laissent pénétrer avec épargne un demi-jour, déjà réverbéré par les montagnes. On y voit à peine pour lire ; mais a-t-on besoin d'un livre pour pleurer ses péchés !... Que disent tous ces confessionnaux ?... Qu'on vient ici pour sonder sa conscience, regarder dans soi et non autour de soi, puis rougir : l'ombre est un bienfait où se trahit la délicate bonté d'une Mère.

Mais l'église de la Sainte Vierge offre une disposition si rare et si belle, qu'on né peut s'empêcher d'en louer avec admiration l'auteur ; c'est la présence d'un petit temple dans le grand, comme était le *Sacellum* dans le Parthénon,

le *Saint des Saints* dans le temple de Jérusalem, et comme
est encore la *Confession de Saint-Pierre* dans la basilique
de ce nom. Certes une particularité qui rappelle, en ce
qui les distingue, les trois temples les plus célèbres de
l'univers, a droit de surprendre dans les Alpes. Du reste,
on ne peut mieux marquer la sainteté d'un sanctuaire
qu'en l'enfermant dans un autre sanctuaire. Et là sacro-
sainte chapelle du Laus était digne de cet honneur. Mais
qui aurait osé introduire cette imitation savante, si la
Sainte Vierge n'y avait pas présidé ! il faudrait croire que
les murs et les voûtes se sont retirés d'eux-mêmes par
respect devant la demeure charmée de Marie : ils l'abri-
tent, en effet, sans la toucher. C'est assez dire que cette
auguste demeure, qui a pris le nom de *Sainte Chapelle*,
est restée à sa même place et qu'elle a conservé les mêmes
bases. On n'y a mis la main que pour l'embellir.

Disons en terminant que l'Église du Laus vient de
s'enrichir de quinze toiles où sont reproduits les principaux faits merveilleux qui ont illustré le pèlerinage. Ces
toiles, fixées aux murailles de l'église, sont, pour le pèlerin, un livre toujours ouvert où il peut embrasser d'un
coup d'œil, l'histoire des merveilles dont le Laus a été le
théâtre pendant cinquante-quatre ans.

Nous ne pouvons pas donner ici le nom de l'auteur de
ce pieux travail : il ne veut être connu et béni que de la
Sainte Vierge et de sa chère fille, la Vénérable Sœur
Benoîte. Nous prions pour que ces bénédictions soient
des plus abondantes.

CHAPITRE IX

Prodiges accomplis au Laus

L'église bâtie, les prodiges ne firent que se multiplier ; mais nous ne ferons point passer sous les yeux du lecteur cette procession de malades, de mourants, d'estropiés, de frénétiques, de possédés, qui viennent déposer leurs maux aux pieds de la miséricordieuse Vierge ; d'abord ces listes offrent l'inévitable ennui de répétitions fatiguantes, souvent le spectacle de tableaux repoussants ; elles dépasseraient, en outre, les limites que nous nous sommes imposées.

Nous dirons seulement que, dans nos manuscrits, on compte trois mille trois cents prodiges de toute espèce, qui se sont passés au Laus, dans l'espace de trente-huit ans, et encore ce n'est que le petit nombre, car les prêtres chargés alors du sanctuaire qui, mieux que personne, pouvaient recueillir les miracles dont le Laus était le théâtre, souvent étaient empêchés, par les travaux de leur ministère, de noter tout ce qui arrivait d'admirable autour d'eux. C'est ce qui explique pourquoi leurs manuscrits sont pleins de lacunes, de pages blanches. Aussi nos historiens ajoutent, en parlant des faits merveilleux qu'ils racontent, qu'on n'en sait pas un sur mille. Il en est un que nous ne pouvons point passer sous silence.

Monseigneur d'Aubusson la Feuillade, archevêque et

prince d'Embrun, ambassadeur pour le roi à Madrid, fut
atteint en cette ville d'une maladie très grave qui, dans
sa pensée, devait le conduire au trépas. C'était au moment
où il avait été informé qu'une nouvelle dévotion s'établissait
dans son diocèse, au petit vallon du Laus, et que de
nombreuses faveurs appelaient là des multitudes de pèlerins. Il lui vint à l'esprit de se vouer à Notre-Dame du
Laus. Sa confiance ne fut pas trompée : il recouvra promp-
tement la santé. En reconnaissance, il fit acquitter à la
chapelle une neuvaine de messes et donner trois cents
livres, qui servirent plus tard à édifier le portail de la
nouvelle église sur lequel sont gravées ses armoiries.

Il est surtout une merveille qui n'a lieu qu'au Laus :
nous voulons parler de ces parfums célestes dont la Sainte
Vierge a embaumé le sanctuaire et le vallon lorsqu'elle y
descendait. Impossible de nier un tel prodige si surprenant
qu'il soit. Les quatre écrivains qui ont parlé des merveilles
du Laus sont unanimes sur celles-ci. Ils ont respiré ces
divines odeurs, et ils en parlent comme d'un fait public :
« Une infinité de personnes peuvent en rendre témoignage. » Ils en parlent même à des hommes qui eussent
été heureux de pouvoir les contredire ; comme lorsque
l'abbé Peytieu l'écrit dans son mémoire à Monseigneur de
Genlis, qui s'était laissé prévenir contre le Laus.

Aussi l'embarras de l'histoire n'est pas de faire adopter
le miracle, il est connu, mais d'en parler. On ne sait à
quoi comparer ces odeurs ; on ne trouve pas de termes
pour peindre le bonheur qu'elles font éprouver. « Je ne
vous saurais exprimer, écrit à l'Archevêque le saint
prêtre que nous venons de nommer, les bonnes odeurs
qu'une infinité de personnes ont ressenties dans la chapelle, devant ou après que la très digne Mère de Dieu a

paru à Benoîte, dès le commencement de la dévotion : ces odeurs n'ont aucun rapport avec les parfums et les fleurs de la nature. »

« M. Dermond, médecin de Barcelonne (1), poursuit-il, a amené ici deux de ses enfants pour rendre grâce à Dieu et à la Très Sainte Vierge de leur guérison et les offrir à la Majesté divine. Entrant dans l'Église, il fut tellement embaumé de ces célestes odeurs, qu'il s'imagina que nous tenions des parfums dans la sainte chapelle, et voulut voir partout s'il n'y avait pas quelque baume ou drogue aromatique. Après avoir tout considéré, il dit : « Cette odeur n'a aucun rapport avec les odeurs de la » terre, » et s'en alla les larmes aux yeux. »

« M. de Rochas, avocat au parlement de Grenoble, qui a eu le bonheur de sentir ces parfums, n'en parle qu'avec admiration, dit le docteur Gaillard ; il avoue ingénûment qu'il ne saurait les décrire, tant ils sont suaves, et que tout ce qu'il peut faire est de rendre grâces à Dieu. »

En 1690, la veille de l'Annonciation de la Sainte Vierge, par conséquent un jour de concours, l'Église fut tellement embaumée, que chacun en fut charmé ; tous en rendirent grâces à Dieu et à Marie, et s'en retournèrent bien consolés.

On observe que, dans ce mois de mars, jusqu'au milieu de mai, il n'y a pas eu de semaine que l'Église n'ait été embaumée.

Écoutons M. Grimaud : « Écrivant un jour des messes votives au-devant de la dite chapelle, je sentis une odeur si suave, pendant un demi-quart d'heure, que de ma vie je n'ai jamais rien senti de pareil, ce qui me causa une satisfaction si grande que j'étais hors de moi-même. »

(1) Barcelonne, dans la Drôme, ou peut-être Barcelonnette, dans les Basses-Alpes.

Enfin, la statue de marbre, occupant le sanctuaire, et que Pie IX a couronnée en 1855 par la main de Monseigneur Depéry, évêque de Gap, est elle-même un hommage éclatant offert aux fragrames de la Vierge Immaculée, comme le prouve l'inscription suivante, incrustée dans la paroi extérieure de la sainte chapelle, du côté de la sacristie :

A LA PLVS GRANDE GLOIRE DE DIEV
LA PREMIÈRE FOIS QVE IENTRAI EN CETTE
ÉGLISE JY SENTIS UNE SI SOAVE ODEVR
QVIL MOBLIGEA DE FAIRE PRÉSENT DE CET-
TE VIERGE DE MARBRE AVEC OBLIGATION
AVS R. P. PRIEVR DE FAIRE DIRE CHAQUE
SOIR EN PERPETVITÉ VN SALVE REGINA
POUR MON AME HONORÉ PELA DE GAP
LE S' HIPOLITE FOURRAT DEPRES
MARCHA A GÊNE LA FAICT CONDVIRE
SVR LE LIEV GRATIS DEMANDE VNE
AVE MARIA COMME DESSVS ET GÊNE 1716

Le miracle des bonnes odeurs n'a pas cessé au Laus ; il est plus rare, sans doute, que du temps de la Sainte Bergère, mais il vient encore, de loin en loin, consoler quelques âmes privilégiées. Les gardiens du sanctuaire reçoivent de temps en temps des témoignages sérieux de semblables faveurs. De ce nombre est celui de M. l'abbé Sevez, curé de Tremblay-en-Savoie. Le fait est décrit, avec tous ses détails, dans les *Annales du Laus*, p. 63, vol. II.

Mais un fait plus récent encore et que nous croyons devoir reproduire, est raconté par M. Duplain, secrétaire général des Hospices de Saint-Étienne (Loire), dans une lettre écrite à l'un des Pères missionnaires et que l'on a insérée dans les *Annales du Laus*, n° du 1er août 1879.

M. Duplain s'exprime ainsi :

« Mon Révérend Père ....., je suis amené tout naturellement à vous parler des impressions que j'ai eu le

bonheur d'éprouver au Laus et dont le souvenir n'a pas
été affaibli le moins du monde, par les péripéties diverses
et multipliées de mon voyage.

» La veille de mon départ, un des aumôniers de l'Hospice
me confia un petit opuscule sur cet intéressant sanctuaire,
sachant que j'avais l'intention de le visiter à mon passage
à Gap ; mes occupations ne me permirent que de le par-
courir rapidement ; toutefois mon attention fut attirée
d'une façon toute spéciale par le chapitre consacré... aux
bonnes odeurs... privilège particulier du pèlerinage de
Notre-Dame du Laus.

» Le jour même, dans un repas de famille où se trouvait
un ecclésiastique de mes parents, je causais de cette
lecture et exprimais mon étonnement sur certaines parti-
cularités de plusieurs pèlerinages que je connaissais et
notamment sur l'impression... d'incrédulité que je ressentais au sujet de ce que je venais de lire, le matin
même, sur le chapitre en question.

» De bonnes et excellentes explications me furent données
par notre parent, ce qui fixe davantage mon souvenir sur
ce point.

» Ce préambule vous est nécessaire pour vous faire
comprendre qu'en arrivant à Notre-Dame du Laus, j'étais
dans un sentiment de réserve et, pour être dans le vrai,
sous une impression... de défiance.

» Vous savez ce qui s'est passé. En visitant avec vous
le sanctuaire de Notre-Dame et en écoutant avec un vif
intérêt vos bienveillantes et intéressantes communications, tout en admirant l'harmonie qui règne dans les
proportions de cette simple mais élégante chapelle, je n'ai
éprouvé aucun phénomène particulier.

» Ce n'est que lorsque j'ai été introduit par vous dans
la modeste habitation de Sœur Benoîte, ainsi qu'on nomme

communément la Sainte Bergère, que j'ai ressenti l'impression vive et pénétrante signalée dans le chapitre relatif aux bonnes odeurs.

» Veuillez bien rappeler vos souvenirs ; ma surprise a été d'autant plus grande, que j'étais dans ce moment, sous le coup d'un léger rhume de cerveau dont le résultat certain est d'oblitérer et de diminuer momentanément, mais très sensiblement, le sens de l'odorat.

» Je respirais un parfum suave, d'une essence complètement inconnue pour moi et de plus en plus sensible à mesure que je m'approchai du lit de Sœur Benoîte, au lieu de cette odeur désagréable et caractéristique que l'on éprouve lorsqu'on entre dans un appartement habituellement fermé et humide.

» C'est en obéissant à ce sentiment de défiance que j'avais en entrant, que je vous ai demandé, à plusieurs reprises, s'il n'y avait pas dans l'appartement des herbes ou paquets de fleurs desséchées quelque part, et que j'ai pu constater, de *visu*, que toutes les fleurs et les plantes qui se trouvaient devant mes yeux étaient complètement artificielles.

» Lorsque sur vos interrogations, je concentrais mes impressions, il me semblait qu'une main invisible, pour accentuer ce que je ressentais, secouait devant moi un sachet de senteurs, attendu que les effluves odorantes me parvenaient par bouffées de plus en plus intenses.

» Vous vous rappelez que cette impression particulière ne s'est pas reproduite dans la petite chapelle qui se trouve sur le bord de la route.

» Saint-Étienne, le 21 juillet 1879. »

Voici encore un fait qui nous a été raconté par un prêtre, aujourd'hui évêque, et dont il a été le témoin.

« C'était au mois d'août 1872, j'arrivais au Laus

accompagné de ma tante, Mme C. de Troyes, de sa petite-
fille Berthe, âgée de neuf à dix ans, et d'une autre de
mes cousines, Mme M., de Vitry-le-Français. Je célébrai la
sainte messe en arrivant, et après nous visitâmes le trésor
et la chambre de la Vénérable Sœur Benoîte. A peine
entrés dans la chambre, ma tante et mes deux cousines
s'écrient : « Mais a-t-on caché ici des fleurs ! » — Mais
il n'y en a point, leur dis-je, je ne sens rien. — Mais alors
vous avez le nez bouché, me répondent-elles. Je me mis
à sourire, car je ne sentais rien, et leur demandai, à
quoi elles pouvaient comparer ces parfums. Impossible,
me répondent-elles, de trouver une similitude. Je les
engageai à se mettre à genoux, à faire une prière et à
remercier la Sainte Vierge et Sœur Benoîte. En sortant je
leurs parlais des odeurs du Laus.

» Avant de quitter le saint vallon, ma tante me manifesta
un vif désir d'entrer de nouveau dans la chambre de la
Vénérable Sœur Benoîte. Je priai le P. Blanchard de nous
accompagner. Ma tante et sa petite-fille éprouvèrent la
même impression ; mais le phénomène ne se reproduisit
pas pour Mme M. La seconde fois pas plus que la première,
je ne fus favorisé de ces parfums.

» Ma tante demanda alors au P. Blanchard un petit
morceau de bois du lit. Ce bois était imprégné de la
bonne odeur Une fois sorti de la chambre, je dis à ma
tante : Je suis bien sûr que votre bois n'a pas d'odeur ;
elle le prend et toujours le même parfum. Enfin, après
avoir passé la Bâtie-Neuve, au retour, je lui dis de nouveau : Ici du moins votre morceau de bois ne sent plus
En effet tout avait disparu. »

Mais de tous les prodiges, dont nous venons de donner
le récit, le plus surprenant assurément fut la Vénérable
Sœur Benoîte elle-même.

CHAPITRE X

Benoîte, le grand prodige du Laus

La Sainte Vierge ne se contenta pas d'enrichir Benoîte des grâces les plus insignes, de l'orner des vertus les plus rarés ; elle lui communiqua les dons les plus remarquables. Ainsi elle donna à sa fille le privilège de connaître les secrets de ce monde et de l'autre et de les révéler. Nos manuscrits sont remplis de ces manifestations à Benoîte. La plupart renferment toujours une instruction bien salutaire à l'âme chrétienne qui veut réfléchir, comme l'on peut s'en convaincre en lisant les Annales.

Mais le privilège surtout, qui a fait de Benoîte la grande merveille du Laus, c'est son intuition des consciences.

La Sainte Vierge, en convoquant les pèlerins au Laus, ne voulait pas indiquer une nouvelle voie pour aller au ciel. Elle ne pouvait d'ailleurs changer les moyens de salut apportés par son divin Fils. Ici encore, pour obtenir le pardon de ses péchés et recouvrer l'amitié de son Dieu, il faudra se confesser. Mais il ne faut pas se le dissimuler, l'aveu de nos fautes, fait à un homme comme nous, est quelque chose de pénible à notre nature orgueilleuse, surtout lorsqu'il s'agit de ces fautes qui blessent le plus la dignité humaine. Si, dans ce moment, on oublie que tout se passe entre notre âme et Dieu, malgré l'ombre et le mystère qui couvre le sacré tribunal, malgré toutes les tortures auxquelles est en proie notre conscience, malgré la vue de l'enfer entr'ouvert sous nos pieds, l'amour propre et la honte nous ferment fatalement la bouche. Voilà ce qui fait de la confession une occasion de sacrilège pour certaines âmes, et, pour d'autres, un objet d'horreur. Marie, pleine de compassion pour les pauvres âmes égarées, va trouver le moyen de renverser tous ces obstacles et de vaincre toutes les difficultés. Elle donne à Benoîte, le ministre de ses miséricordes, le privilège de lire au fond des cœurs et voilà que cette fille ignorante, qui ne savait pas lire dans un livre, lira dans les consciences. Elle possède ce don à un si haut degré, qu'il n'y aura pas dans le cœur humain de replis si cachés, de dispositions si secrètes, qu'elle ne découvre ; le passé, le présent, les lieux, les personnes, les circonstances, les moindres détails ; elle voit tout comme dans une glace en remontant jusqu'à l'enfance. Elle connaît beaucoup mieux une âme que cette âme ne se connaît elle-même. Aussi lui arrive-t-il souvent de rappeler au coupable des circonstances qu'il a oubliées. Ce don remarquable est si connu du public, qu'on prend l'habitude d'aller lui demander, après s'être confessé, si on n'a rien oublié. Des prêtres, accoutumés à scruter les consciences des autres, ne craignent pas de subir cette épreuve : un chanoine de Gap, après avoir fait une confession générale, reçut les mains jointes, l'examen supplémentaire qu'elle lui fit, et retourna se confesser avec un tel bonheur, qu'il y associa les personnes qui se trouvaient sur son chemin, en leur racontant ce qui venait de se passer.

M. Gaillard, qui rapporte ces choses, se donne lui-même pour exemple. Écoutons-le : « Mgr de Genlis m'avait fait l'honneur de me communiquer une ordonnance qu'il se proposait de publier ; je pris la liberté d'y ajouter un article que Sa Grandeur accepta. L'un des prêtres du Laus — (c'était l'époque des Jansénistes) — ne trouvant pas cet article de son goût, m'en témoigna son mécontentement avec mauvaise humeur. J'eus avec lui une discussion un peu vive. Le lendemain, je voulais dire la messe : ne pouvant me rappeler tout ce qui s'était passé le soir, je priais Benoîte de me dire les péchés que j'avais faits la veille. Elle me fit remarquer douze péchés véniels, entr'autres un de mensonge que j'abhorre beaucoup. Je les écrivis ; malheureusement, je les ai perdus, sans quoi je les aurais déclarés ici pour ma confusion et le don qu'a cette sainte fille de lire dans les cœurs. »

Voici d'autres faits :

« Au mois de mars 1669, Benoîte était malade à Saint-Étienne et avait perdu toute connaissance. Le chirurgien Manenti, dont la mère demeurait au château de Jarjayes, me rencontra ; — c'est M. Peythieu qui parle — au moment où j'allais visiter la malade et me pria de la lui laisser voir, car il ne l'avait jamais vue. Benoîte non plus ne le connaissait pas. Je consentis volontiers à ce qu'il m'accompagnât. La malade était couchée dans une alcôve fermée par un linceul en guise de rideaux ; de plus, elle avait les yeux complètement fermés. Néanmoins, au moment où nous mettions le pied sur la porte, elle se mit à crier : *Je ne veux pas qu'un chirurgien me touche.* — Je le fis asseoir sur un coffre qui se trouvait près du lit ; et, aussitôt elle commença à lui déchiffrer toute sa vie ; ce qui lui fit grand plaisir, quoique ce fut en ma présence. Puis elle lui dit : « *Allez-vous en au Laus faire votre confession générale.* » Le chirurgien promit et tint parole. Bien lui en prit, car il mourut quelque temps après. La

conversion avait été sincère, et avant de mourir, il avait
fait promettre à sa mère de faire comme lui et d'être bien
dévote envers la Sainte Vierge. La bonne femme suivit ce
pieux conseil et désormais visita souvent la sainte chapelle. »

Pendant son voyage à Marseille, la vénérable Sœur
Benoîte se présenta un jour, de grand matin, chez
M. Collongue-Foresta, en ce moment vicaire général du
diocèse : — « Vous êtes bien matineuse, ma fille ? Qu'y
a-t-il d'extraordinaire ? » — Benoîte lui demande hum-
blement la permission de l'entretenir un instant en particulier ; ce qui lui est accordé à l'heure même. — « Je suis
ici, dit-elle, pour vous dire de la part de la bonne Mère,
que vous avez en tête des projets que vous comptez exé-
cuter d'une manière qui n'est pas agréable à Dieu. — Je
ne sais ce que vous voulez dire, répond le grand vicaire.
— Là-dessus, Benoîte lui dévoile tout ce qu'il a dans sa
pensée, et lui fait connaître la manière dont il doit réaliser son dessein. Étonné autant qu'émerveillé de ce que
la Bergère a pénétré un projet qu'il n'avait communiqué
à personne, pas même au directeur de sa conscience,
M. Foresta conçoit une haute estime pour cette humble
fille. Il manifeste ses sentiments d'une façon très ouverte
en présence de plusieurs ecclésiastiques qui, devant lui,
se communiquaient leurs impressions sur la Bergère du
Laus. — « Cette fille, dit-il, mérite qu'on ne parle d'elle
qu'avec respect. Elle n'est pas connue encore, et surtout
on ne connaît pas assez le privilège que Dieu lui accorde
de scruter les consciences, de sonder les cœurs, de dévoiler le passé et de lire dans l'avenir. Rien ne lui est
caché. Aussitôt qu'elle voit une personne, elle la connaît
mieux que cette personne ne se connaît elle-même Pour

ce qui me concerne, elle m'a jeté dans l'étonnement le plus profond en me parlant d'un projet qui n'était connu que de Dieu et de moi, et en m'indiquant de quelle manière je dois le réaliser. »

Cet hommage du vicaire général, comme bien on pense, ne tarda pas à courir la ville. Tout le monde, dès lors, voulut voir Benoîte. Celle-ci se prêta avec une parfaite simplicité à ce pieux empressement (1).

Que de conversions n'opéra pas cette vue des consciences ! C'est par centaines qu'on les comptait chaque jour. Cependant, le croirait-on, malgré l'œil scrutateur de la voyante du Laus toujours mêlée à la foule, on voyait encore de pauvres pécheurs tellement sous l'empire du démon qu'ils osaient tromper le ministre de Dieu au confessionnal et, sacrilèges, ils ne craignaient pas d'affronter la table sainte pour renouveler, sur la face de Jésus-Christ, le baiser perfide de Judas et le livrer ainsi au démon de leur cœur. Mais Benoîte qui a tout vu, se postera comme une sentinelle vigilante aux abords de la sainte table. Un de ces pécheurs endurcis, se dispose-t-il à faire le pas sacrilège ; Benoîte le prévient ; elle se penche vers lui et lui dit à l'oreille le secret de sa vie

(1) En 1692, au moment où les armées du Duc de Savoie envahirent les Alpes, Benoîte, sur l'ordre de la Sainte Vierge, se retira à Marseille, où elle demeura un mois et elle visita tous les monastères de la ville ; s'entretint avec chaque religieuse qui était heureuse de soumettre son âme au regard scrutateur de la Bergère. Ces visites aux divers monastères firent un bien immense. Deux monuments sont restés du séjour de Benoîte à Marseille, la piété des habitants de cette ville pour Notre-Dame du Laus et une petite cloche, la seule chose que la Bergère accepta de la générosité de M. Tigot, avocat du Roi, pour l'offrir au temple de Marie et qu'on nomme encore aujourd'hui : *cloche de Sœur Benoîte.*

criminelle, et, avec une parole toujours pleine d'onction, elle fait naître dans son âme l'horreur du crime qu'il va commettre et le dispose à faire une bonne confession qui ramène dans son cœur la paix et le bonheur. Ici encore que d'âmes ont été redevables de leur retour vers Dieu à à cet œil scrutateur de l'illustre voyante.

Un dimanche, il y eut au Laus un grand concours de pèlerins accourus de tout pays. Benoîte en avertit trente-cinq qui avaient caché des fautes graves dans leurs confessions précédentes ; de ce nombre était une femme coupable d'infanticide et qui était restée sept ans sans confesser son crime.

Mais là ne s'arrêtait pas le rôle de la Bergère auprès des âmes. Après avoir facilité aux pécheurs le pardon de leurs fautes par un aveu sincère, il fallait leur inspirer une volonté ferme de marcher dans la voie de la vertu où ils venaient d'entrer. Ce n'était pas chose facile. Car ces pécheurs devaient rejeter tous ces préjugés dont le monde avait rempli leur esprit ; se débarrasser de ces mauvaises habitudes qui depuis de longues années avaient pris tant d'empire sur leurs cœurs ; s'éloigner des complices de leurs crimes que la conformité des caractères, les liens de l'intérêt ou de l'amitié, unissaient ensemble. Il fallait enfin incliner vers Dieu des cœurs que l'amour des créatures avait jusque-là charmés et séduits. Laissés à eux-mêmes, ces pauvres pécheurs ne pouvaient surmonter tant de difficultés ; il leur fallait la grâce de Dieu. Cette grâce ne s'obtient que par la prière et le sacrifice. Mais comment prier ? Les pécheurs avaient-ils les lèvres et le cœur assez purs pour parler le langage de la prière ? Comment souffrir ? Habitués à savourer les jouissances que procuraient les satisfactions de leurs passions les plus grossières, pouvaient-ils même souffrir avec résignation les peines ordinaires de la vie? Mais qui donc priera, qui donc souffrira pour ces coupables? Ce sera Benoîte : victime toujours pure, par ses prières et ses austérités elle accomplira dans sa chair ce qui manque à la passion de Jésus-Christ et obtiendra. pour tous, les grâces de salut. Nous avons vu comment la Sainte Vierge et Notre-Seigneur avaient préparé la pieuse fille à son rôle de victime.

Ses jeûnes étaient fréquents et rigides. Pour l'ordinaire, elle se contentait de pain et d'eau ; quelquefois elle supprimait le pain. Ayant entendu dire que les Pères du désert vivaient de racines, elle se mit à en déterrer de toutes sortes pour en faire, à leur exemple, sa nourriture, sans s'inquiéter du choix. Une fois elle ne mangea pas de huit jours. pour obtenir la grâce d'un pécheur que Dieu semblait devoir abandonner.

Sa prière était continuelle. Elle priait à l'église, dans sa petite chambre, au pied de la croix d'Avançon, où elle se rendit pendant trente ans, nus pieds, la nuit, même pendant l'hiver. Elle récitait chaque jour quinze rosaires, autant de chapelets et cent cinquante fois les litanies de la Sainte Vierge avec l'amende honorable au Saint-Sacrement. Mais il faut dire que la nuit n'interrompait pas sa prière. Quand l'accablement l'obligeait à prendre un peu de repos, c'était sur le pavé glacé de sa cellule qu'elle dormait. et lorsqu'elle était près de geler, elle se mettait un instant sur son grabat. Son sommeil était de trois heures durant sa jeunesse, et elle le réduisit bientôt à une seule ; et encore dans les grandes occasions, la veille des fêtes, lorsque la foule encombrait l'abord des confessionnaux, elle ne dormait pas du tout et priait sans cesse.

Lorsque les pécheurs s'obstinaient, elle versait des larmes en priant, et quand ses yeux n'avaient pas assez de larmes pour pleurer, elle forçait ses membres à donner des larmes de sang sous les cilices, les bracelets, les chaînes, les ceintures de fer, dont elle couvrait son corps. Ayant trouvé un baudrier hérissé de pointes, elle s'en fit un cilice et le serra si fortement sur sa chair, que le sang ruisselait et trempait ses vêtements. Elle poussait ses austérités si loin qu'un ange fut obligé de modérer son zèle, en lui prenant ses instruments de pénitence, qu'il tint cachés pour quelque temps. Ajoutez maintenant à toutes ces souffrances volontaires, les douleurs de la stigmatisation, les tortures que lui faisait subir le démon et vous comprendrez comment la vénérable Sœur Benoîte a été une vraie victime, agréable au Seigneur, et la montagne du Laus un calvaire où le ciel et l'enfer s'unissaient pour l'immoler chaque jour. Après tant de prodiges, de pénitences et de miséricorde peut-on s'étonner que les conversions aient été si nombreuses au Laus, et que ce vallon béni ait été appelé *le Refuge des pécheurs.* Ah ! non : car c'est un principe de l'ordre surnaturel qu'à côté d'un grand sacrifice, il y a toujours de nombreuses grâces de conversion.

Maintenant que nous avons assez parlé de l'intervention de Marie au Laus, il est temps, pour compléter ce premier tableau, de montrer l'intervention des bienheureux, des anges, de Jésus-Christ, qui sont venus, tour à tour, aider la pieuse Bergère à remplir la mission que lui avait confiée sa bonne Mère du ciel.

CHAPITRE XI

**Les Bienheureux au Laus : saint Maurice ;
saint Gervais ; sainte Barbe ;
sainte Catherine de Sienne ; saint Joseph ;
les confesseurs de Sœur Benoîte,
(MM. Peythieu et Hermitte.)**

Nous avons parlé, dans le chapitre III, de l'*apparition de saint Maurice* sur la montagne qui porte son nom. Messager de la Reine du Ciel, il était venu annoncer à la Bergère que ses pieux désirs seraient satisfaits et que c'était au vallon des Fours qu'elle verrait la Mère de Dieu

SAINT GERVAIS. — Benoîte était un jour dans l'église d'Avançon. Une femme chrétienne l'avait priée de tenir son enfant sur les fonds sacrés du baptême. On semblait, dans le pays, se disputer le bonheur de la donner pour marraine aux nouveaux-nés, tant la sainte fille inspirait de sympathie et de confiance ! — Or, au lieu de prendre part au festin qui suivit la cérémonie du baptême, Benoîte se rendit à l'église pour y prier. Le patron du village, saint Gervais, lui apparut et lui recommanda de bien prier pour la conversion des pécheurs. Sans doute, la pieuse marraine n'oublia pas, en ce moment, les parents et amis du filleul, car, alors déjà, la cérémonie du baptême était trop souvent une occasion de désordre et de scandale. — Pour un ange qui sourit au berceau de l'innocence, combien d'esprits immondes ricanent autour de la table.

SAINTE BARBE ET SAINTE CATHERINE DE SIENNE. — Le 4 décembre de l'année 1678, la Mère de Dieu apparaît à la Bergère, assistée de deux bienheureuses également revêtues de gloire, mais dont l'une portait une couronne d'épines et l'autre une couronne de fleurs. — « Ma fille, dit la bonne Mère, si vous voulez une couronne dans le ciel, il faut en porter une d'épines sur la terre. » Benoîte comprit et courba la tête dans un acte de résignation à la volonté du ciel. Mais ces deux vierges, dont Marie avait fait ses compagnes, qui étaient-elles ? La pieuse fille voulut le savoir ; son bon ange lui apprit que c'étaient sainte Barbe et sainte Catherine de Sienne.

SAINT JOSEPH. — Benoîte fut aussi réjouie ici-bas par la vision du chaste époux de la Sainte Vierge, le glorieux saint Joseph. Pendant six fois elle reçut cette faveur. Fille bien-aimée de Marie, aurait-elle pu être une étrangère pour le saint Patriarche ? N'est-il pas naturel aussi que la Bergère associât dans son cœur l'amour de Joseph à celui de Marie ?

Benoîte s'adressait donc à saint Joseph avec la confiance et l'abandon d'une fille envers son père bien-aimé. Le saint ne se laissait pas vaincre en générosité et récompensait une si tendre dévotion par les faveurs les plus signalées. Aux heures de la souffrance et des mortelles angoisses, l'auguste protecteur apparaissait à sa pupille et l'encourageait à la patience. Lorsque Benoîte n'était encore que bergère, il se contentait de lui recommander le soin de son troupeau. Conseil bien simple, assurément, mais, avec la patience dans les épreuves et le fidèle accomplissement des devoirs de son état, on peut arriver au faîte de la perfection. N'est-ce pas là ce que saint Joseph a pratiqué à Bethléem, en Égypte, à Nazareth ?...

CONFESSEURS DE BENOITE. — C'était au temps où les jansénistes se trouvaient maîtres au Laus. Les premiers missionnaires étaient morts. Restait, il est vrai, M. Gaillard, que les devoirs de sa charge de vicaire général, de chanoine prébendé rappelaient souvent à Gap (1). Restait encore M. le Prieur de Saint-Étienne, mais ses fonctions de pasteur le retenaient lui aussi auprès de ses ouailles. Benoîte se trouvait donc souvent seule, rebutée, persécutée par les Jansénistes qui refusaient de l'admettre aux sacrements. Dieu permit que ses deux anciens directeurs lui apparussent, de loin en loin, pour l'aider de leurs conseils et de leurs encouragements. Au commencement de 1693, peu de temps après sa mort, *M. Peythieu* (2), son premier directeur, se montre dans la gloire des Bienheureux et l'encourage à la lutte, en lui faisant voir la couronne qu'il portait sur sa tête, ajoutant : « C'est la récompense de ma patience. » Il est vrai qu'il manquait une fleur à sa couronne. Benoîte s'en aperçut : « C'est, lui répondit-il, une vertu qui me manquait dans le monde. » C'était dire à la pieuse fille qu'elle devait faire tous ses efforts pour que la sienne fût complète. Dans une autre circonstance, le saint prêtre, la voyant lutter

(1) M. Gaillard, protecteur dévoué du Laus, dont il a été parlé plus haut.

(2) M. l'abbé Peythieu, atteint de phthisie, sur le conseil de M. Lambert, vicaire général, vint au Laus (1666) et y trouva sa guérison. Quatre ans après, il revint au saint vallon pour ne plus en sortir. Il se consacra tout entier à l'œuvre du Laus. Il fut le témoin d'innombrables conversions auxquelles il eut le bonheur de travailler. Il mourut de la mort des justes (1689).

avec le sommeil, lui fait entendre ces bonnes paroles : « Reposez, chère enfant ; dormez, il n'est pas encore jour. » Un peu plus tard, le 22 avril, la voyant exténuée par ses mortifications et un jeûne trop prolongé, il l'obligea à prendre quelque nourriture pour ne pas s'exposer à tomber dans le délire. Benoîte remarqua que ce qu'elle mangeait alors avait un goût plus exquis que d'habitude.

Une autre fois, il l'encourage à tout faire et à tout souffrir pour la gloire de Dieu, sans s'inquiéter des jugements humains, l'assurant qu'à la fin tout le monde lui rendrait justice. En 1696, il lui apporte une quantité considérable de médailles rouges, représentant Notre-Seigneur, la Sainte Vierge et plusieurs saints, car il savait combien la pieuse fille était heureuse de pouvoir distribuer des médailles.

M. Hermitte (1), à son tour, apparut plusieurs fois à la sainte Bergère. Le 24 août 1693, Benoîte avait communié en l'honneur du patron de son directeur. Vers minuit, elle entend quelqu'un qui marche dans sa chambre, et, en même temps, elle sent une odeur très suave. C'était le saint prêtre, mort depuis peu, qui venait la remercier de tout ce qu'elle avait fait pour le tirer bien vite du purgatoire. Quelques années après, au plus fort des persécutions jansénistes, il se montre de nouveau : — « Ma fille, dit-il, on voudrait vous ôter du Laus ; mais priez et Dieu ne le permettra pas ; » ce disant, il disparut. La sainte fille veut le suivre : — « Il n'est pas encore temps, dit le Bienheureux ; patience, il faut souffrir encore. » Souffrir, c'était, en effet, la seule consolation qui restait à Benoîte sur la terre.

(1) M. Hermitte, premier missionnaire, qui, attiré comme M. Peythieu par les charmes du Laus, se dévoua, jusqu'à la mort, au pèlerinage.

CHAPITRE XII

Les Anges au Laus

Si la vie de Benoîte s'est écoulée dans un commerce intime avec le monde surnaturel, on peut dire surtout que les anges ont été ses familiers. Gardiens d'abord de son berceau, ils ont veillé ensuite sur son enfance ; car le démon, qui voyait déjà dans cette petite enfant un redoutable adversaire, essaya à plusieurs reprises de lui ravir la vie, alors même qu'elle était encore dans les langes. Mais les esprits célestes étaient là pour la protéger. Puis quand la Reine du ciel eut daigné la choisir pour son ministre dans l'œuvre qu'elle voulait fonder au Laus, ils remplissent, près d'elle, l'office d'ambassadeurs. Nos manuscrits sont remplis de faits où ces messagers célestes lui dictaient, au nom de la Reine du ciel, les réponses qu'elle avait à faire aux demandes qu'on lui adressait ; lui traçaient la ligne de conduite qu'elle avait à tenir dans les circonstances un peu difficiles ; lui suggéraient les avertissements qu'elle avait à donner aux pécheurs de toutes les classes de la société accourus dans le saint vallon.

Mais les anges ne s'en tenaient pas seulement, à l'égard de Benoîte, à leur rôle d'ambassadeurs, ils entretenaient avec elle des rapports qui ne pouvaient être inspirés que par une tendresse toute céleste. Tout y est abandon charmant, simplicité touchante, dévoûment sans borne.

Voyant combien elle était aimée ainsi de leur souveraine, ils ne purent s'empêcher de l'aimer aussi. Ils la regardaient comme une sœur, et lui donnaient ce doux nom; elle, à son tour, les appelait ses frères. Leurs relations devinrent si intimes, si cordiales, si fréquentes, qu'on aurait dit réellement des frères et une sœur coassociés pour une œuvre commune, l'œuvre de la Sainte Vierge.

Le lecteur sera certainement édifié de connaître quelques faits, racontés par nos manuscrits, qui révéleront, mieux que nous ne saurions le dire, ces rapports de Benoîte avec les anges, et, en particulier, avec son ange gardien.

Dans les commencements du pèlerinage, alors que l'on construisait au Laus la grande église que la Sainte Vierge avait demandée, la chapelle de Bon-Rencontre, où la Sainte Vierge était apparue, semblait un peu négligée. La poussière l'envahissait, et le tabernacle lui-même, dont les ais étaient mal joints, n'en était pas préservé. L'ange charge Benoîte d'en informer les prêtres, afin qu'ils fassent disparaître tout ce qui serait incompatible avec la présence du divin captif. La Bergère transmet la céleste recommandation; mais l'avis est oublié au milieu des grands travaux qu'occasionne la construction de la nouvelle église. L'ange alors se met en devoir de remplir lui-même ce pieux office avec le concours de la Sœur Benoîte. Un soir que la Bergère s'était fermée dans la chapelle pour y prier tout à son aise, l'esprit céleste lui apparaît près de l'autel : — « Allumez, dit-il à la Sœur, deux cierges, et mettez-les sur la crédence. » Benoîte obéit. L'ange alors ouvre le tabernacle, fait une profonde révérence, tire le ciboire et le corporal, les place sur l'autel un peu à côté et les couvre d'un voile. Puis, prenant le tabernacle d'un côté, tandis que Benoîte le porte de l'autre, ils le déposent à terre. L'aisance avec laquelle son compagnon supporte sa part de poids surprend la Bergère. — « Bel ange, dit-elle, vous êtes si petit et vous portez un si lourd fardeau ! » Un sourire répondit à cette adorable simplicité. Tous deux s'évertuent ensuite à nettoyer le tabernacle. La poussière s'envole et les araignées s'enfuient. Le meuble est remis en son lieu. L'ange fait aux saintes espèces une nouvelle révérence, les prend avec le même respect que tout à l'heure, les remet en place sur le corporal, referme la porte et disparaît. La pieuse fille reste seule, ravie de ce qui vient de se passer et heureuse d'avoir pu contribuer à rendre décente la demeure de Celui qui est tout pour son cœur.

Benoîte faisait ses délices de passer dans *sa chapelle*, comme elle l'appelait, la plus grande partie de ses journées, et souvent encore de longues heures de la nuit. Quand tout le monde se retire pour se livrer au sommeil, elle reste dans l'église, elle s'y cache pour échapper à l'œil de ses directeurs, et s'il arrive qu'elle ne puisse tromper leur vigilance, elle revient prier sur le seuil. Parfois alors son ange se fait le complice de sa piété clandestine, en lui ouvrant la porte du saint lieu, et souvent même prie avec elle. Ainsi, au temps des persécutions du démon, dont nous parlerons plus tard, souvent Benoîte était portée par l'esprit infernal sur le toit de la chapelle de Notre-Dame de l'Érable, située sur la montagne de ce nom. L'ange, alors, venait l'aider à en descendre. Quand le temps était très mauvais, il lui ouvrait la porte de la chapelle et ensemble ils récitaient le chapelet. Plusieurs fois, elle prit part aux processions que faisaient les anges dans l'église que leur divine reine venait de construire et qu'elle avait choisie pour sa demeure de prédilection. Le 25 décembre de l'année 1700, après l'office de minuit, Benoîte était restée seule dans la chapelle ; bientôt elle vit l'église se remplir d'une multitude d'anges, qui arrivaient dans un ordre parfait et se mettaient à marcher en procession. Un étendard magnifique, émaillé de toutes sortes de fleurs, les précédait. La moitié d'entre eux était habillés de blanc et l'autre de rouge ; chacun avait un flambeau à la main. La Bergère en prit un aussi à l'autel et se mit aussi à suivre le céleste cortège. Trois fois ils firent le tour de l'église, à l'intérieur et avec des chants pleins d'une ravissante harmonie. Ils chantaient le *Gloria in excelsis*, et cette antienne composée pour la circonstance : « Béni soit le Père céleste qui a choisi ce lieu pour la conversion des pécheurs ; que le Seigneur bénisse tout ceux qui viendront ici l'adorer ! »

Benoîte ne comprenait pas le *Gloria in excelsis*, un Ange eut la bonté de le lui traduire en français. La pieuse fille le remercia et continua de suivre la procession, les mains jointes, et répétant par intervalles cette parole de componction : « Mon Dieu, faites-moi miséricorde. » — Dieu vous la fera, lui dit un ange. Du dehors on apercevait, à l'intérieur, une grande lumière, et de suaves parfums s'échappaient de toutes parts, quoique l'église fût fermée.

Mais la grande faveur que Benoîte reçut de ses frères du ciel fut de communier de leur main. Le 2 août de l'année 1700, fête de Notre-Dame des Anges et de la Portioncule, Benoîte, étant à la chapelle, voit deux anges sur l'autel. — « C'est aujourd'hui une grande fête, dit l'un d'eux, voudriez-vous communier ? » — « Hélas ! répond-elle, comment communier, puisqu'il n'y

a personne pour me confesser (1) ? » — « N'importe,
répond le messager céleste, vous n'avez pas fait de péché
qui puisse vous empêcher de communier. Je vous don-
nerai moi-même la communion. Allumez les cierges,
approchez-vous de l'autel, mettez-vous à genoux et prenez la nappe dans vos mains. » Aussitôt le tabernacle
s'ouvre et l'un des deux anges en tire une hostie ; entre-
temps, Benoîte s'approche de l'autel, récite son *Confiteor*
et reçoit le pain vivant de la main de l'un des deux esprits
célestes, tandis que l'autre se tient à genoux, les mains
jointes et dans l'attitude du plus profond respect.

L'ange qui tient la place du prêtre, referme le tabernacle et dit à la Bergère : « Éteignez les cierges et
retirez-vous dans votre chambre pour y faire votre action
de grâces. » Benoîte obéit et dit à l'esprit céleste :
« Bel ange, j'ai à cette heure ce qu'il me faut. » Les
envoyés du ciel disparaissent, l'heureuse fille referme la
chapelle et s'en va dans sa cellule remercier Dieu de la
faveur singulière qu'il vient de lui faire.

Mais le zèle pour l'âme de leur bonne sœur ne fait
point oublier aux anges son corps ; ils veillent sur sa
santé et sa vie avec une sollicitude vraiment fraternelle.
Lorsque, dans son zèle ardent pour la conversion des
pécheurs, elle excède à macérer ses membres par les
disciplines et les chaînes de fer, ils lui enlèvent ses instruments de pénitence, et ne les rendent que sur l'ordre
de la Bonne Mère, à qui la pieuse fille a porté sa plainte :
« Car, disait-elle, ils lui ont coûté quatre bons francs. »

---

(1) Je la confessais alors, dit M. Gaillard qui raconte le fait
et, ce jour-là, j'étais à Gap ; les autres prêtres du Laus n'é-
taient pas autorisés à la confesser. MM. Peythieu et Hermitte
étaient morts tous les deux.

C'est surtout pendant les luttes que la vénérable Sœur Benoîte eût à soutenir avec les démons, et dont nous parlerons plus tard, que les anges se montraient empressés autour de leur sœur, pour lui rendre tous les services que leur inspirait leur affection toute fraternelle. Ils la consolent quand Satan l'inquiète ; ils l'encouragent si Satan la désespère ; ils la défendent si le pervers veut la faire mourir. Un jour, ils luttèrent, pendant plusieurs heures, autour du corps de la pauvre patiente. Quand elle ne peut sortir d'un lieu escarpé ou du fond d'un précipice, elle prie, elle appelle son ange, et celui-ci accourt pour la descendre de la cime abrupte ou la sortir de l'abîme et la remettre dans sa voie. Si elle est délaissée par son bourreau dans un lieu sauvage, un ange lui fraye un passage à travers les broussailles humides ou blanchies de givre, au milieu des buissons épineux où elle ne pourrait passer sans y laisser quelques lambeaux de sa chair ou quelques haillons de son vêtement. Si elle a perdu son chemin, ou si elle se trouve dans des lieux inconnus, un ange se présente aussitôt pour lui montrer sa route. Si les pieds de sa sœur, engourdis par le froid, déchirés par les cailloux aigus du ravin, les ronces de la forêt ou les glaçons du torrent refusent leur service, il est là pour la soutenir. Si le ruisseau débordé lui barre le passage, il l'aide à le franchir ; si la nuit est obscure, ô sainte Providence ! il devient lumineux pour éclairer le chemin, et ne la quitte point qu'elle ne l'ait congédié :
— « C'est assez loin, bel ange, lui dit-elle alors, je n'ai plus peur. Adieu. »

Plus d'une fois, dans ce trajet, il s'arrête sur le point culminant de la côte, d'où le pèlerin embrasse d'un coup d'œil tout le bassin du Laus, et laisse sa sœur aller seule, tandis que lui, devenu éblouissant, reste là comme un phare, éclairant tout le vallon, jusqu'à ce que la vierge soit rentrée chez elle. Le 16 septembre 1701, ayant été transportée par le démon, comme nous le verrons, à la *Roche où niche l'aigle*, pendant une nuit très obscure, la pauvre Bergère ne savait où passer pour s'en retourner. Aussitôt un ange apparaît à ses côtés, avec un immense flambeau (1) qui éclairait non seulement les pas de la sainte fille, mais les montagnes d'alentour et, de plus, exhalait une telle odeur qu'elle en fut réjouie. Les anges lui ménageaient quelquefois d'heureuses surprises. Une nuit, comme elle venait du désert bien souffrante, harassée de fatigue et qu'elle se reposait un instant, sous une pierre, sa main rencontra un beau chapelet. L'ange l'avait déposé là tout exprès, car il savait combien sa sœur aimait les beaux chapelets.

Souvent, lorsqu'elle revenait de la montagne, toute languissante et près d'expirer, ils lui apparaissent sous forme de petits oiseaux ; ils se formaient en couronne sur sa tête et la suivaient sans rompre leurs rangs. Comme ils étaient lumineux, de temps en temps elle levait la tête pour les regarder. Un jour, elle les voyait tout blancs, un autre jour tout rouges et quelquefois les deux couleurs se trouvaient alternées dans la couronne. La couleur de la virginité et celle du martyre ne pouvaient mieux convenir autour d'une victime si pure et si éprouvée. Et les parfums que ces oiseaux mystérieux distillaient de leurs ailes, en agitant l'air, remplaçaient sans doute l'encens qui doit se rencontrer dans tout sacrifice, pour accompa-

(1) Pour rappeler ce fait on a élevé en cet endroit une colonne surmontée d'un ange tenant entre les mains un flambeau.

gner au ciel les gémissements de la victime, ces prières de feu, qui obtiennent tout de la divine miséricorde. Afin que la patiente n'oubliât pas que ses douleurs avaient de mystiques rapports avec la passion de Jésus-Christ, les oiseaux célestes chantaient, en l'accompagnant, les litanies de la Passion : « Jésus, flagellé, ayez pitié de nous ; Jésus, couronné d'épines, ayez pitié de nous ; » etc. D'autres fois, ils chantaient les litanies du saint Nom de Jésus. Et dans ces chants, ils formaient deux chœurs, comme dans les assemblées des fidèles ; l'un prononçait le verset et l'autre le répons. Ainsi, chantant, priant, embaumant, brillant dans les ténèbres, ils allaient avec la vierge depuis le désert jusqu'à sa cellule. Une nuit, ils entrèrent avec elle en grand nombre et firent entendre des concerts si suaves, qu'elle se croyait au ciel.

D'autres fois, un ange gardait sa chambre pendant que le démon la tenait sur les cimes des montagnes environnantes où il la torturait. Car, plusieurs nuits, des voleurs profitèrent de son absence pour dévaliser sa pauvre cellule, s'emparer de quelques hardes et des maigres provisions qu'elle possédait. Au retour de Benoîte, l'ange s'enquérait de ses blessures et lui indiquait les remèdes pour les guérir.

Un peu d'humeur venait quelquefois varier ces scènes touchantes. Un gentilhomme avait fait présent à Benoîte d'un beau chapelet. Les grains étaient d'ambre très pur. Benoîte aimait ce bijou, trop peut-être. Un ange le lui prit et le cacha. Mais tout ne fut pas dit... Benoîte en appela à sa *Bonne Mère*, et se plaignit du tour. Elle avait raison. Une mère étant plus tendre qu'un frère, Marie lui indiqua où elle trouverait son précieux chapelet.

Une autre fois, l'ange ayant repris sa sœur d'un zèle

impatient qu'elle avait manifesté en sa présence, elle lui
répondit sans se troubler : « Si vous aviez un corps
comme nous, bel ange, nous verrions ce que vous
feriez. »

Peu s'en faut qu'elle ne réprimande à son tour ses
frères célestes. Elle se crut au moins autorisée, un jour,
à leur imposer silence. La Sainte Vierge lui était apparue,
suivie d'anges sous la figure de très jeunes enfants Ceux-ci
se mirent à entretenir la Bergère de différentes choses,
avant que Marie eut ouvert la bouche. Benoîte, après les
avoir écoutés un instant, les interrompt tout à coup et
leur dit avec vivacité : « Taisez-vous, petits anges, et
laissez parler votre Mère. » — « C'est par son ordre que
nous parlons, reprit l'un d'eux. » Marie mit fin au
différend par un sourire de maternelle bonté.

Benoîte n'en continua pas moins d'honorer les anges,
comme les messagers et les ministres de la Reine du ciel ;
elle a pour eux toutes sortes de déférences. Si elle récite
le chapelet avec eux, ce sont les anges qui commencent
la prière et Benoîte la reprend. Quand ils signalent un
pécheur qu'il faut avertir, elle obéit sur le champ, quoiqu'il en coûte. Il est vrai que ces bons frères s'empressent
à leur tour de venir la réjouir en lui racontant l'heureux
résultat. Car les anges, de leur côté, honorent Benoîte
comme l'enfant de Marie, et s'étudient à lui être agréable,
lui rendant toutes sortes de bons offices, l'aidant de leur
mieux dans toutes les occasions jusqu'à lui fournir un
nouveau moyen d'exercer la charité, en lui faisant connaître, pour guérir les malades, la vertu des plantes les
plus communes. On peut donc le dire avec raison : l'heureuse Bergère vivait avec les esprits célestes. Elle avait
avec eux la simplicité la candeur, la confiance, l'abandon

d'un enfant au sein de sa famille. Eux, à leur tour, se faisaient petits pour la captiver davantage. C'était souvent sous les dehors de l'enfance qu'ils lui apparaissaient. Aussi, un jour, voyant plusieurs de ces bienheureux esprits debout sur le mur qui bordait le chemin où elle passait, elle leur tendit la main : — « Petits anges, dit-elle ingénûment, voulez-vous que je vous aide à descendre. » — Une autre fois, elle en prit un dans ses bras et le garda quelques instants. Le jour de son ravissement au ciel, elle craignait d'être un fardeau trop lourd pour les jeunes et délicates épaules qui la portaient.

Enfin ces bons rapports entre l'ange et la vierge furent cimentés par le temps, car ils durèrent autant que la vie de la Bergère : c'est son ange qui vient lui annoncer que sa fin était prochaine et lui fixe le jour de sa mort, la fête des Saints Innocents ; c'était bien le jour qui convenait à Benoîte qui, toute sa vie, avait conservé la simplicité et l'innocence de l'enfant.

CHAPITRE XIII

Notre-Seigneur & la Vénérable Sœur Benoîte.
La Croix d'Avançon.
La Chapelle du Précieux-Sang.

Notre-Seigneur ne pouvait rester indifférent à ce qui se passait au Laus, puisque tout ce qui se préparait dans ce vallon privilégié avait pour fin non seulement la conversion des âmes, mais, comme fin dernière, la gloire de Jésus-Christ.

Aussi le Seigneur aimait Benoîte, l'instrument choisi par sa divine Mère pour travailler à cette grande œuvre. Non seulement il l'embellit des vertus les plus parfaites, l'orne des dons du Saint-Esprit, lui communique le privilège de lire dans les consciences et dans l'avenir, mais il daigne apparaître à ses yeux sous une forme sensible Au vallon des Fours, dont nous parlerons plus tard, il sourit à la jeune fille, entre les bras de la *Belle Dame* (1), sous l'extérieur d'un gracieux enfant. Cette vision se renouvela souvent, l'Enfant-Dieu apparaissait quelquefois reposant sur le sein de sa Mère, et d'autres fois ne lui demandant que le secours de sa main. Alors, de son divin pied, il traçait sur le sable ses vestiges, que M. Grimaud, juge de la vallée, dans une enquête qu'il fit, eut le bon-

(1) C'est ainsi que Benoîte appelait la Sainte Vierge qui ne s'était pas encore fait connaître.

heur de contempler à l'entrée de la grotte, au vallon des Fours. Benoîte est tellement ravie de la beauté de ce divin enfant qu'elle veut l'avoir près d'elle et le faire habiter sous son toit. La maîtresse de Benoîte, dont nous avons parlé plus haut, venait de donner le jour à une fille qui, paraît-il, n'était pas belle. Benoîte ne pouvait aimer cet enfant autant qu'elle l'aurait voulu ; elle forme donc dans son esprit un projet étrange ; il ne s'agissait rien moins que d'échanger la petite créature disgraciée contre le *beau poupon* de la Dame. Elle prend, en conséquence, le nourrisson dans son tablier et se dispose à partir pour le vallon. — « Où allez-vous, Benoîte ; où portez-vous cette enfant ? » s'écrie la mère. — « Comme elle est tant laide, répond la Bergère, je la porte à la Dame, pour l'échanger contre son beau poupon, que nous porterons à l'église et qui réjouira tout le monde. » — Elle l'aurait fait, ajoute l'historien, si sa maîtresse ne lui eût ôté son enfant.

Au Laus, la pieuse Bergère eut la consolation de voir, dans la sainte Hostie et sous ces mêmes dehors enfantins, le chaste époux de son âme, mais avec quelque chose de plus radieux encore, tellement que son cœur en était tout embrasé. Cette faveur lui fut accordée plusieurs fois.

A Embrun, où la sainte fille avait été obligée de se rendre, citée par M. Javelly, vicaire général et administrateur du diocèse, elle fut consolée par une de ces visions. L'Enfant-Dieu lui apparut se promenant sur l'autel majeur de la vieille basilique.

Ces apparitions remplissaient l'âme de Benoîte d'une joie inexprimable et l'embrasaient, pour le Sauveur, d'un amour qui allait toujours croissant. Ce fut bientôt une vive, mais sainte passion.

Dévorée par les ardeurs de ce feu divin, la pieuse fille

cherchait tous les moyens d'être agréable à son bien-aimé.
Dans ce but, elle priait, jeûnait et se mortifiait de plus
en plus. Elle en vint au point de ne se trouver heureuse
que dans le parfait crucifiement de son être. « L'amour
qu'elle a pour la souffrance, dit M. Gaillard, est si
grand, qu'elle n'en est jamais rassassiée. Plus elle souffre, plus elle veut souffrir. Aussi elle demande souvent à
Dieu de lui faire endurer quelques-uns des tourments de
sa Passion. » D'ailleurs elle en méditait fréquemment les
douloureux mystères. Cette méditation exaltait son âme
sensible. Elle souffre de voir souffrir ainsi son bien-aimé,
et, dans l'excès de sa compassion, elle voudrait être crucifiée avec lui. Ce désir va être satisfait, car, encore quelques jours, et elle recevra les stigmates du divin Sauveur.

Recevoir les stigmates, c'est porter sur son corps l'empreinte des cinq plaies de Notre-Seigneur Jésus-Christ ;
c'est endurer, en même temps, les douleurs que causè-
rent au divin Maître ses plaies sacrées. Ces plaies peuvent être apparentes, comme chez saint François d'Assise.
Alors on voit, à chacune des mains, à chacun des pieds
du stigmatisé, et à son côté gauche, une plaie ouverte
et saignante ; aux pieds et aux mains, on aperçoit même,
la forme des clous. En général ces plaies ne saignent que
le vendredi et surtout pendant la semaine sainte. Quelquefois les stigmates se ferment complètement, à la prière
des saints, sans pourtant que leurs souffrances en soient
diminuées. La Vénérable Sœur eut cet insigne privilège ;
elle fut stigmatisée mais seules les plaies de ses pieds
restèrent visibles.

Deux choses, nous disent les auteurs mystiques, pré-
disposent aux stigmates : un grand amour pour Notre-
Seigneur et une profonde compassion pour ses souffrances.

L'âme, alors, qui aime et qui contemple avec attendrissement les douleurs de l'Homme-Dieu, entre avec celui-ci dans des rapports de plus en plus intimes. Elle finit par vouloir partager les souffrances de son bien-aimé, afin de se rendre encore plus semblable à lui. Ce désir est quelquefois exaucé par l'impression sacrée des plaies du Sauveur.

Notre Bergère était admirablement disposée pour recevoir cette faveur. Elle avait, pour Notre-Seigneur, un amour filial et plein de compassion.

Un jour qu'elle contemplait un tableau représentant une descente de croix, elle en fut tellement touchée qu'elle tomba évanouie. Rien donc d'étonnant que notre pieuse Bergère reçut de son divin amant ce nouveau témoignage d'amour.

À l'entrée du vallon du Laus, en face du village d'Avançon, sur le bord du chemin qui, de ce côté, conduisait dans le vallon béni, s'élevait une croix, appelée la croix d'Avançon. Sœur Benoîte éprouvait un attrait particulier à venir prier au pied de cette croix. Elle y allait, le jour, la nuit, pieds nus, même l'hiver au milieu des neiges et des glaces ; plus de vingt fois, disent les manuscrits, les pieds lui ont gelé. Là, elle s'attendrissait au souvenir des souffrances de son divin Maître et les larmes coulaient abondantes de ses yeux. Le bon Sauveur voulut récompenser un amour si compatissant. Il se fit voir à son humble servante, sur cette croix, crucifié, agonisant et couvert de sang, comme il était autrefois sur le gibet du Calvaire. Un ange était au pied de l'arbre sacré, et il dit à Benoîte : — « Voilà ma sœur, ce qu'a souffert votre père et le mien !... Ne voudriez-vous pas souffrir pour l'amour de lui ? »

8

Ce spectacle et ces paroles brisent l'âme sensible de Benoîte. — « Ah ! mon Jésus, s'écrie-t-elle, si vous restez encore un instant en cet état, je meurs. » Elle est, en effet, hors d'elle-même ; des larmes brûlantes et amères coulent de ses yeux ; des gémissements profonds s'échappent de sa poitrine : la parole expire sur ses lèvres ; le cœur lui manque et elle s'évanouit. Revenue à elle-même, elle peut à peine se relever tant elle est abattue. Le divin crucifié daigne la consoler. — « Rassurez-vous, lui dit-il, ce que vous croyez me voir souffrir n'est pas ce que je souffre à présent, mais c'est pour vous montrer ce que j'ai souffert pour les pécheurs et l'amour que j'ai eu pour eux. » Ces paroles rassurent peu l'âme compatissante de la Bergère, car, à la suite de ces apparitions, elle passe de longs jours sans pouvoir se consoler. Une fois même son affliction dura six mois. Cela ne l'empêchait pas de trouver dans ces visions un attrait indéfinissable. Aussi faisait-elle de plus en plus ses délices de se trouver au pied de la croix miraculeuse ; et, lorsque Notre-Seigneur lui inspirait de s'y rendre, elle quittait tout pour obéir. Elle en était toujours d'ailleurs prévenue par des odeurs d'une suavité indicible qui remplissaient sa chambre. Ces parfums étaient de beaucoup supérieurs à ceux qui signalaient la présence de la Mère de Dieu.

Un jour, c'était au mois de juillet de l'année 1673, nous dit M. Peythieu, elle moissonnait en compagnie d'autres personnes, un champ de blé appartenant à la chapelle, lorsque, tout à coup, elle quitte la faucille et se dirige du côté où la porte l'attrait divin. Arrivée à la croix, elle y voit Notre-Seigneur attaché avec des clous, comme sur le Calvaire, les membres ruisselants de sang et avec une telle expression de douleur qu'elle fut sur le

APPARITION DE NOTRE-SEIGNEUR SUR LA CROIX D'AVANÇON

point d'en perdre les sens. Des anges étaient au pied de la croix, et adoraient dans un morne silence. — « Ma fille, dit le Sauveur à Benoîte, je me fais voir en cet état, afin que vous participiez aux douleurs de ma Passion. »

La parole divine se réalisa à la lettre. Depuis ce jour, Benoîte fut, en effet, crucifiée une fois par semaine. c'est-à-dire que, depuis le jeudi soir à quatre heures, jusqu'au samedi matin à neuf heures, elle restait étendue sur son lit les bras en croix, les pieds l'un sur l'autre, les doigts un peu pliés, mais raide, immobile et moins flexible dans tout son corps qu'une barre de fer. Elle n'avait, pendant tout ce temps, aucun mouvement qui indiquât la vie. Rien, non plus, ne dénotait la mort sur ce corps inerte, car ses traits portaient la double empreinte d'un indicible martyre et d'un indicible bonheur.

A l'attitude du crucifix venait se joindre, dans son corps, l'impression des plaies sacrées « qu'elle n'a pu cacher aux yeux des hommes et qui paraîtront sur son corps avant qu'elle meure, » dit M. Gaillard. Ces paroles nous autorisent à présumer que les stigmates n'étaient pas visibles aux mains, mais que le pieux archidiacre, ou l'un des directeurs de Benoîte, ou quelqu'autre personne put les voir, au moins aux pieds. Il est probable que, à l'exemple d'autres stigmatisées, notre Bergère avait prié son bien-aimé de lui laisser la douleur et lui ôter le signe aux mains, comme à un endroit trop apparent. Du reste, la douleur même fut suspendue pendant les deux années consacrées à la construction du couvent, comme le lui avait annoncé la Sainte Vierge.

Mais lorsque le couvent fut terminé, au mois de novembre 1674, Benoîte retourna à la croix d'Avançon, poussée par l'Esprit de Dieu et attirée par les parfums célestes. Notre-Seigneur lui apparut de nouveau dans un état plus lamentable encore que les premières fois. Le sang ruisselait sur tous ses membres divins. Le cœur de la vierge en fut pénétré d'une telle compassion que, pendant six mois, elle en fut inconsolable. Dès ce moment, reparurent les douleurs du vendredi, qui furent même plus intenses qu'avant leur interruption. Elles durèrent plus longtemps aussi, car d'après M. Gaillard, elles commençaient le jeudi à midi et ne finissaient que le samedi à la même heure.

Ce crucifiement hebdomadaire dura environ quinze ans.

A cette époque commencèrent les sourdes mais affreuses tortures que l'enfer lui fit subir pendant trente ans. La croix d'Avançon sanctifiée par ces visions mystérieuses, resta pour Benoîte un objet de vénération. Prier à ses pieds était pour la pieuse fille un bonheur qu'elle ne croyait pas acheter trop cher au prix des plus durs sacrifices.

Cette prédilection de Benoîte pour la croix d'Avançon ne tarda pas à se communiquer aux pèlerins. Après avoir prié à la sainte chapelle, devant cet autel où la Mère de Dieu avait apparu à la Bergère, ils ne manquaient pas d'aller se prosterner au pied de la croix où la pieuse fille avait vu le Sauveur agonisant. Plusieurs même détachaient de l'arbre sacré quelques parcelles qu'ils emportaient comme de précieuses reliques. Plus d'une fois leur piété fut récompensée, car des fragments opérèrent des prodiges.

Mais ces pieux larcins, commis au préjudice de l'intégrité matérielle de la croix miraculeuse, se multiplièrent de telle sorte, qu'à la fin, profondément entaillée à sa partie inférieure, elle menaçait de tomber. Il fallut l'en-

lever du lieu où elle était plantée et la transporter ailleurs.
C'était le moyen de la mettre à l'abri de nouvelles dégra-
dations, et de la conserver au respect des temps à venir.
Pendant de longues années, les pèlerins purent la vénérer
sur la place de l'Église, en face du grand portail; puis,
en 1818, elle fut placée dans une modeste chasse en bois,
garnie de simples vitres, et gardée dans l'intérieur du
couvent. Ce n'était pas ce que demandait la piété des
fidèles; car quelques privilégiés pouvaient seuls aller la
vénérer en ce lieu. Il fallut donc songer à la replacer
dans un endroit où tout le monde put la contempler. Cette
fois, on choisit la chapelle absidiale. La croix fut appen-
due à l'un de ses murs dans son reliquaire de bois. C'é-
tait plus convenable, mais ce n'était pas assez pour un
objet qui rappelait de si pieux et de si touchants souvenirs. Les gardiens du sanctuaire et les nombreux pèlerins
qui visitaient les lieux où Notre-Seigneur avait apparu à
la Bergère, formaient le vœu de voir élever à la même
place, un monument qui pût recevoir la croix miraculeuse, et perpétuer le souvenir des faits surnaturels dont
elle avait été l'instrument. Après une longue attente, ce
désir fut enfin satisfait. En 1859, une chapelle a été
élevée à l'endroit même où se trouvait cette croix. Cette
chapelle est un vrai reliquaire. L'on n'a rien négligé pour
lui en donner la richesse; sa base est d'un plan octogone,
qui s'élève à deux étages, et une miniature de clocher,
fait de huit colonnettes blanches, en forme le sommet.
Au centre de l'édicule, sous la coupole, est suspendue
la vieille croix de sapin, enfermée dans un châsse de
cristal et de bronze doré, éclairée de toutes parts d'un
jour tamisé par de superbes vitraux. Pour être à sa véritable place, il fallait que cette croix fût ainsi suspendue,

privée qu'elle était de sa partie inférieure par suite des
pieux larcins dont nous avons parlé. Au-dessous de la
croix, et à la place du massif de plâtre qui la portait, se
dresse un autel circulaire, où l'on peut dire la sainte
messe. Les fidèles peuvent y assister du dehors, groupés
tout à l'entour; de grandes fenêtres à leur portée, leur
permettent de voir ce qui se passe à l'intérieur, trop étroit
pour les recevoir. Ils peuvent aussi, en tout temps, faire
le chemin de la croix devant les quatorze stations, gravées sur des plaques de marbre, qui font une ceinture à
ce petit temple, unique dans son genre.

Cette chapelle est due à la générosité de Messieurs
Tulasnes, deux frères, deux savants, botanistes distin-
gués, membres de l'Académie des sciences et qui en ont
également fourni les desslus. Ce monument a été inauguré
le 16 octobre 1862.

CHAPELLE DU PRÉCIEUX-SANG

CHAPITRE XIV

Les démons & Sœur Benoîte

Nous venons de voir dans un premier tableau comment le ciel entier, Notre-Seigneur, la Sainte Vierge, les anges, les Bienheureux ont travaillé à édifier pour les pauvres pécheurs un refuge contre la justice divine. Voyons, dans un deuxième tableau, l'enfer et ses suppôts travaillant avec toute leur rage et leur ruse à détruire ce refuge de la miséricorde divine.

Le démon avait commencé de bonne heure à manifester sa haine contre la pieuse Bergère. Benoîte n'avait encore que huit mois ; elle dormait du sommeil calme et paisible de l'enfance ; l'ange commis à sa garde devait lui sourire, mais Dieu permet que l'ange de ténèbres renverse le berceau. La pauvre enfant aurait été infailliblement étouffée, si la Providence n'avait envoyé soudain une main charitable pour relever l'enfant et le berceau. — Dix mois après, la pauvre petite fut l'objet d'une attaque plus cruelle. L'esprit mauvais l'arracha violemment de ses langes et lui passa la tête dans ce trou que les paysans de nos montagnes pratiquaient autrefois dans la porte de leurs étables, pour y laisser un libre passage aux chats et aux oiseaux de basse-cour. Le cou de l'enfant est tellement serré dans ce trou, qu'elle est sur le point d'être étranglée. En vain on aurait essayé de la retirer ; il faut briser avec précaution la vieille porte. Le fait parut si grave, si extraordinaire et devint si public qu'il fut consigné dans les minutes de M⁰ Aubert, notaire du lieu.

Nos manuscrits citent encore plusieurs faits où le démon essaya d'arracher la vie à la petite Benoîte, qu'il regardait déjà comme son adversaire le plus terrible. On doit comprendre, dès lors, de quelle fureur, il devait être plus tard animé contre Benoîte, qui, chaque jour, lui ravissait un si grand nombre d'âmes. Aussi va-t-il maintenant épuiser toutes les ruses de son infernale malice contre le pèlerinage et contre la Bergère.

Un ancien appelle très justement l'esprit de ténèbres *le singe de Dieu*. Une de ses ruses favorites pour surprendre les âmes c'est de se transformer en ange de lumières. Il voit, que Benoîte est favorisée de célestes visions et de communications surnaturelles, il s'essaie à la contrefaçon. Un jour donc, on entend dire qu'au village de la Roche près de Gap, une Bergère, comme Benoîte, voit la Sainte Vierge au hameau de Sauve-Terre, appelé aussi *Corréo*. Toutes les populations environnantes accourent. Cette Bergère réussit à surprendre la bonne foi d'un prêtre qui recueille des offrandes, fait bâtir une chapelle et un logement pour lui. Tout va pour le mieux. Benoîte se laisse elle-même gagner. Elle vient sur les lieux dans l'espérance d'y voir sa Bonne Mère, qu'elle n'a pas vue depuis longtemps. Mais elle ne voit rien ; que disons-nous, elle ne voit qu'une supercherie du démon. La prétendue voyante finit par le reconnaître. Elle se marie. Le pauvre prêtre se repent de sa trop grande crédulité ; la chapelle et la maison tombent en ruines et, en ruines elles sont restées.

Une autre prétendue voyante paraît quelques années

plus tard à Laye, petit village, situé à l'extrémité septen-
trionale du vaste plateau que couronne le mont Bayard.
Elle finit par avoir aussi son prêtre, sa chapelle, son
pèlerinage. Mais l'Évêque de Gap, Monseigneur d'Hervé,
veut se rendre compte de la vérité de ces prétendues
apparitions. Il fait une enquête sur la dévotion de Laye,
comme les Archevêques d'Embrun l'avaient faite sur la
dévotion du Laus. Cette enquête ne fait que dévoiler une
nouvelle ruse de Satan qui, un moment s'était changé en
ange de lumières. Le pèlerinage est interdit et jamais
plus il ne s'est relevé.

Plusieurs autres voyantes font parler d'elles : à la Cou-
che, entre Chorges et Savines ; au Brusquet, près de
Veynes ; mais toutes ces visions eurent la même fin.

La parodie n'ayant pas réussi au démon pour ruiner le
crédit de Benoîte et faire tomber le pèlerinage, son infernale malice lui suggère un autre moyen ; du mensonge,
il passe à l'infamie. Il ne vise à rien moins qu'à convertir
en un lieu de débauche le vallon sanctifié par la présence
de la Reine des Vierges. Si quelque chose semblait capable d'éloigner du Laus et de Benoîte les âmes honnêtes
et chrétiennes, c'était l'invasion d'un grand nombre de
personnes, perdues de mœurs et de réputation, qu'on
vit arriver de tous côtés au Laus pour y continuer leur
vie criminelle, espérant peut-être passer inaperçues au
milieu de la foule. Mais Benoîte était là ; le dessein des
malheureuses était pénétré ; elles étaient chassées immédiatement..... chassées par qui que ce fût, à la prière de
Benoîte. La bonne et simple fille est la seule autorité du
lieu : prêtres et laïques sont à ses ordres, toujours disposés à lui obéir comme à Dieu, tant il est visible que
Dieu est avec elle. Elle est, du reste, si humble, elle parle

avec tant de douceur, que personne n'éprouve de répugnance à suivre ses avis et à recevoir d'elle l'initiative de l'autorité.

Un jour, Benoîte rencontra l'un de ces suppôts du démon, qui cachait les crimes les plus énormes sous l'habit religieux — « Vous n'êtes pas un religieux, lui dit-elle, mais une fille débauchée; vous avez eu six enfants que vous avez étouffés et enterrés, sans même leur donner le baptême. » Une autre fille vint se cacher au Laus dans le dessein de laisser à Benoîte l'enfant qu'elle portait et de disparaître ensuite. Elle aurait pu réussir dans son projet, si la Bergère n'avait découvert plus clairement encore ce qu'elle méditait dans son âme que ce qu'elle nourrissait dans son sein. Benoîte remontra à cette malheureuse l'énormité de ses scandales et l'obligea à s'éloigner de cette terre réservée aux pécheurs repentants et non obstinés dans le crime. Ce genre de persécution, au moyen du scandale, était, il faut en convenir, un des mieux choisis pour le but que Satan se proposait. Rien ne lui réussit aussi bien pour la ruine et la démoralisation de tout un pays que d'y implanter l'ivraie du vice et de la débauche. Mais ici encore tous les efforts du démon furent inutiles, l'humble Bergère l'emporta sur toutes ses ruses, et l'enfer n'aboutit qu'à une nouvelle défaite.

Les visionnaires avaient échoué; on chassa les prostituées. Devant ce double échec, le démon redoubla de rage et de fureur. Aussi ne tarda-t-il pas à lui susciter dans les sectaires de Jansénius, de nouveaux et cruels persécuteurs. Le parti janséniste, ces ennemis de la miséricorde de Dieu, avait à Embrun des représentants en renom, qui avaient toujours vu de mauvais œil l'expansion de la dévotion nouvelle. D'abord, ils lui font une guerre cachée, et comme Benoîte était l'âme de cette dévotion, c'est contre elle qu'ils dirigent secrètement tous leurs efforts et leur ruse. Ils tentent, premièrement, la pauvreté de Benoîte par des offres d'argent, pour s'autoriser à dire que l'intérêt est le but de ses visions : ils la font surveiller le jour et la nuit, écoutant à sa porte, l'épiant partout, dans l'espoir de surprendre une parole, un geste répréhensibles. Ils dénaturent les signes les plus augustes de sa mission et de sa sainteté. Ils appellent épilepsie ses extases et ses douleurs sacrées de la Passion, quoique les caractères de ces affections surnaturelles ne se ressemblent pas et qu'ils n'aient rien de commun avec ceux d'une maladie naturelle quelconque. Ils regardent ses visions comme des chimères et des impostures, afin d'empêcher les peuples d'y ajouter foi et, par conséquent, de visiter le Sanctuaire.

Messieurs Peythieu et Hermitte, deux saints missionnaires, instruits de toutes ces menées odieuses, se rendent à Embrun afin de témoigner en faveur de la sainteté de l'œuvre fondée par Benoîte ; mais on les y traite, à leur tour, d'idiots, de sots assez imbéciles — nous adoucissons le mot — pour ajouter foi à un cerveau dépourvu de sens commun. Les deux saints prêtres s'en reviennent très mécontents, mais disposés, plus que jamais, à donner le reste de leur vie à une œuvre qui leur paraît d'autant plus divine qu'elle est *humainement* contrariée.

Pendant quelques années encore, ils peuvent, par leur zèle et leurs vertus, neutraliser les efforts de l'ennemi, mais bientôt M. Peythieu va recevoir au Ciel la récompense qu'il a si bien méritée (1689), et M. Hermitte le suit quatre ans après (1693).

Ces deux morts furent un deuil et un malheur pour le Laus. Les ennemis du Sanctuaire s'en réjouirent. Il restait bien encore Benoîte, le prieur de Saint-Étienne, le frère Aubin et M. Gaillard, mais les méchants se flattent de venir facilement à bout des uns et des autres. Le docteur est vieux et n'est pas souvent au Laus ; le prieur pourra être privé de son bénéfice ; l'hermite sera consigné dans sa cellule ; quant à la Bergère, si elle s'obstine, on la renfermera dans un cloître. Le projet est simple et paraît d'une exécution facile, et néanmoins, pour en assurer la réalisation, ils travaillent à se ménager des intelligences dans la place. Dans ce but, ils font agir toutes les influences possibles pour amener l'Archevêque à remplacer Messieurs Peythieu et Hermitte par des prêtres affiliés à la secte. Ils réussissent dans leurs projets. Des prêtres jansénistes sont nommés gardiens du Sanctuaire, dès ce jour la guerre prend un caractère plus tranché. Elle se cache moins, mais elle s'acharne davantage.

D'abord, le plus efficace moyen que ces ennemis veulent employer pour détruire le pèlerinage c'est d'enlever Benoîte et de la faire disparaître. Dès lors, on en cherche l'occasion, et, par surcroît de malice, on songe à reléguer la Bergère en compagnie du frère Aubin, dans un lieu secret et éloigné et à faire ensuite courir le bruit qu'ils se sont sauvés ensemble..... Mais la difficulté est de trouver un moment propice pour effectuer cet infernal dessein. On suit de près la sainte fille..... On sait qu'elle a l'habitude de se lever souvent la nuit pour aller prier soit à la porte de l'église, soit à la croix d'Avançon ; il sera donc facile, à la faveur des ténèbres, de mettre la main sur cette proie tant convoitée ; mais l'ange veille sur sa sœur ; il découvre les complots et arrive toujours à temps pour avertir l'innocente de ne pas sortir la nuit et de bien fermer sa porte.

Ne pouvant se défaire de la personne de Benoîte, ils

cherchent à détruire son influence. Il n'est besoin, pour cela, que de la vouer au dédain. Alors, ils commencent par la laisser de côté, par ne plus s'occuper d'elle. Ils ne l'emploient plus ni à la chapelle, ni nulle part. C'est une autre personne qui est chargée d'orner les autels, d'accommoder le linge sacré et de veiller à la décence de la chapelle. Ils la jugent indigne de participer aux sacrements de l'Église ; ils refusent de la confesser ; par là-même ils la privent de la communion (nous avons vu comment les anges l'en dédommageaient). Ils lui défendent pareillement d'entendre la messe les jours de la semaine. C'est bien assez qu'elle y assiste les dimanches et les fêtes.

En même temps qu'ils s'efforcent de tuer la Bergère par le mépris, ces mercenaires s'évertuent à discréditer le pèlerinage. Ils n'en entretiennent les peuples qui le fréquentent que le moins souvent possible. « Les prêtres d'à-présent, dit M. Gaillard, ne parlent de la dévotion du Laus que rarement, par respect humain et pour la forme. » Ils feignent de ne pas voir, ou ils cachent le bien qui se fait au saint vallon. « Non seulement ils ne croient pas, dit notre auteur, mais ils ne veulent pas même savoir ce qui se passe en ce saint lieu, ni remarquer les miracles qui s'y font et les grâces qu'on y reçoit. J'ai voulu faire voir à l'un d'eux un miracle arrivé le lendemain de Notre-Dame de septembre ; il ne voulut pas seulement lire le procès-verbal, quoiqu'il fut signé et attesté par plusieurs personnes et que j'en eusse été témoin oculaire. »

Il n'est pas surprenant, après cela, que, pour amoindrir l'œuvre sainte, ils aient publié un mandement apocryphe et porté le mensonge jusque dans la chaire. Un

9

beau jour, au lieu du prône, le supérieur lit une prétendue lettre pastorale où il est ouvertement enseigné que
la dévotion du Laus est un abus manifeste, réprouvée,
par conséquent, par l'autorité diocésaine. Quelques jours
après, la Mère de Dieu fait savoir à Benoîte que cette pièce
a été écrite par le vicaire général, assisté de quelques
autres prêtres, à l'insu de l'Archevêque, que les grands
en ont causé, mais que le menu peuple n'en a pas fait cas.

Pour appuyer leur supercherie, ils affirment effronté-
ment qu'on ne croit pas au-dehors aux merveilles du
Laus. Le supérieur prêche en chaire que de Gap, de
Grenoble et d'ailleurs, les Évêques ne croient pas à ce
qui se passe en ce saint lieu. Ce qui était faux, puisque
ces Évêques et bien d'autres y venaient en pèlerinage.

Afin de ralentir la piété des fidèles, ils les détournent
de déposer, dans les troncs des oratoires, les offrandes
destinées à l'entretien de la lampe qui brûle, les samedis,
devant l'autel de la Vierge, menaçant de renverser les
oratoires, si les dons continuent d'y affluer. Puis, ils
augmentent l'honoraire des messes, afin d'en diminuer
le nombre. Ensuite, ils refusent de confesser la plupart
de ceux qui se présentent, et ils se montrent envers ceux
qu'ils reçoivent d'un rigorisme si outré que le découra-
gement et parfois le désespoir s'emparent des âmes. Benoîte, un jour, arrête et console un malheureux qui
allait se précipiter en sortant du confessionnal. D'autres,
à qui ils ont imposé des devoirs intolérables, n'osent
plus rentrer dans leurs familles et errent éperdus dans
les montagnes. Enfin, pour tirer d'un seul coup, du fond
des cœurs, le culte si doux et si consolant de la Sainte
Vierge, ils prêchent à tout venant qu'on ne doit pas
l'appeler *Mère de Dieu, mais simplement notre sœur*.

Une guerre si diabolique et si acharnée devait, en effet, aboutir à la ruine complète du pèlerinage. Et pourtant il n'en fut rien. Non seulement les résultats d'une lutte si longue et si disproportionnée furent nuls, mais ils tournèrent, au contraire, au triomphe de la bonne cause. « Car, comme dit M. Gaillard, ces persécutions incessantes sont la marque la plus sensible que l'œuvre est de Dieu, et font qu'elle est plus florissante après qu'avant ·»

Depuis vingt ans, les jansénistes exerçaient leur haine contre Benoîte et le pèlerinage, lorsqu'enfin, des personnages hauts placés d'Aix et de Gap sollicitèrent une enquête contre les ennemis du Laus et de Benoîte. La vérité fut reconnue, et les jansénistes se virent expulsés du pèlerinage.

Cependant le démon ne se tint pas pour battu ; ne trouvant chez les hommes assez de perversité et de malice, il agit en personne et se prit corps à corps avec l'innocente créature. Il fallait donc que le danger qui menaçait son empire fut bien grand pour que Satan se montrât à découvert et vint en personne combattre contre la Bergère.

Souvent on voyait la pauvre fille couverte de meurtrissures ou bien on la trouvait, le matin, dans son lit, accablée, pâle, défaite et tellement abattue qu'elle paraissait avoir souffert, dans son âme, des maux encore plus grands que ceux dont son corps portait l'empreinte. De plus, au milieu d'une nuit obscure, les directeurs du Laus l'entendirent pousser des cris de détresse dans les airs ; ils ouvrirent les fenêtres et appelèrent, mais ils ne virent rien et personne ne leur répondit. Une autre fois, elle restait perdue plusieurs jours de suite, sans qu'on pût se l'expliquer. Enfin, sa mère, qui couchait quelquefois dans une chambre voisine de la sienne, entendit une nuit; de l'autre côté de la cloison, des voix si fortes et si formidables, que la pauvre femme en mourait de peur dans son lit. Il n'en fallait pas tant pour éveiller la sollicitude des bons directeurs. Comme l'humble fille s'étudiait à cacher tout ce qui pouvait lui attirer l'estime des hommes, visions, extases, souffrances, ils l'obligèrent, au nom de la sainte obéissance, à parler, à dire d'où provenaient ses blessures, ses abattements, ses cris, ses absences. Elle commença dès lors à raconter, jour par jour, aux hommes de Dieu, cet épouvantable martyre dont nous ne parviendrons pas à peindre toute l'horreur.

Le démon apparut souvent à la Bergère sous des formes sensibles et hideuses pour l'effrayer. Quand elle s'en va la nuit passer de longues heures en prières à la croix d'Avançon, où, plusieurs fois, elle a vu le Sauveur en agonie, elle rencontre sur son chemin ou à travers les champs des loups affamés et menaçants. D'autres fois, ce sont d'énormes serpents qui se dressent contre elle en poussant des sifflements horribles. Tantôt le démon se transforme en un monstre moitié homme et moitié bête, Tantôt il se présente sous l'apparence d'un enfant couvert de haillons et mourant de faim qui vient implorer la charité de Benoîte. Au moment où elle lui tend une main secourable sans le reconnaître tout d'abord, l'imposteur reprend tout à coup son infernale laideur et vomit des torrents de blasphèmes contre Dieu, Notre-Seigneur Jésus-Christ, la Très Sainte Vierge et les saints ; puis, aux discours les plus honteux, il ajoute tout ce qu'un démon est capable d'imaginer en révoltantes provocations. C'est dans ces circonstances qu'il se plaisait particulièrement, l'infâme, à prolonger le martyre de la pure et angélique Bergère.

Au milieu de ces assauts de l'enfer, Benoîte a recours à la prière, l'arme toujours invincible des chrétiens, et elle rejette sur Satan toute la honte de son langage et se rit de sa fureur et de ses artifices.

Ainsi repoussé et méprisé, le démon se retire, mais non sans exercer sa vengeance en brisant tout ce qu'il trouve dans la pauvre cellule de la Bergère.

Cependant, malgré ses défaites humiliantes et réitérées, l'ennemi ne laisse pas de revenir souvent à la charge. Il n'est jamais plus prompt et plus furieux que lorsque son adversaire a ramené à Dieu quelque grand pécheur, ou empêché quelque scandale par ses prières et ses avertissements salutaires. Ainsi qu'un vent impétueux précurseur d'une effroyable tempête, Satan alors s'annonce par un fracas soudain et de violentes secousses qui ébranlent le sol et la maison. Invisible, il fait entendre une voix menaçante, d'abord lointaine, puis qui se rapproche peu à peu. Bientôt il éclate en imprécations, et vomit aux oreilles de Benoîte toutes les malédictions et les injures que lui inspire la haine. Nous avons trouvé, consignées dans les manuscrits de l'époque, quelques-unes des épithètes dont le démon qualifiait la Bergère ; elles font frémir.

Après les injures, les menaces. — « *Sorcière*, s'écrie le maudit, je veux t'étouffer ; tu me fait trop de mal ; je veux te précipiter ou te jeter dans le désespoir. » Puis il se prend à lui persuader que ses prières, ses jeûnes et ses bonnes œuvres sont inutiles ; que sa belle Dame l'a abandonnée pour toujours, etc...

Aux menaces, succèdent les promesses. Celui qui, dans le désert, offrait au Sauveur l'univers entier pour prix de l'adoration qu'il lui demandait, promet à la Servante

de Dieu l'abondance de tous les biens, si elle veut cesser
de soutenir le pèlerinage et de convertir les pécheurs.
Mais, semblable au rocher inébranlable qui voit les flots
irrités de l'Océan se briser à ses pieds blanchis d'écume,
Benoîte reste calme et sereine devant son ennemi impuis-
sant. Rien ne la touche, ni les injures, ni les menaces,
ni les promesses. Elle a mis toute sa confiance en Dieu ;
elle sait qu'il ne l'abandonnera pas au milieu des plus
violentes persécutions de l'enfer. Le souvenir de sa bonne
Mère la console, l'assurance de sa protection la fortifie.
C'est ordinairement après ces attaques furibondes que la
Sainte Vierge apparaît à sa fille de prédilection et la
rassure par de suaves et douces paroles.

Pendant que la pieuse Bergère puise de nouvelles forces
dans ses célestes communications avec la Reine du ciel,
à son tour le lutteur infernal redouble de malice et de
rage. Comme s'il se sentait trop faible pour accomplir ses
desseins et assouvir sa cruauté, il appelle à son aide
d'autres démons. Semblables à des vautours, ces mons-
tres de l'abîme se précipitent sur leur proie, la frappent,
la meurtrissent, la déchirent, la jettent brutalement à
terre ou contre les murs ; et telle est la violence des
coups qu'ils lui portent que son corps en conserve la
trace des mois entiers. Souvent les démons saisissent
Benoîte pendant son court sommeil et la transportent à
travers les ténèbres de la nuit pour la suspendre, tantôt
sur le bord d'un précipice sans fond, tantôt sur le toit
d'une chapelle isolée, tantôt à la cime d'un ravin, où ils
la font rouler à travers les pierres et les rochers pointus,
d'où elle ne se relève que le corps meurtri et ensanglanté.
C'est ainsi que la pauvre patiente s'est trouvée mille fois
égarée dans les montagnes, exposée au froid mortel de

l'hiver ; car ses persécuteurs se faisaient un jeu de la prendre dans son lit sans lui donner le temps de se vêtir.

Aux tourments qu'endurait l'innocente victime s'ajoutaient les souffrances morales que Satan trouvait le moyen de multiplier chaque fois qu'il s'emparait d'elle. Pendant qu'il lui faisait franchir les espaces avec la rapidité de l'aigle, son plaisir était de renouveler ses propos honteux et de lui raconter en détail les péchés et les abominations qu'il faisait commettre. On ne saurait imaginer le supplice qu'endurait alors l'âme pudique de la sainte Bergère.

Dans ces nuits de martyre, plus d'une fois les habitants du hameau ont entendu retentir les airs des cris de Benoîte. Cette infernale persécution s'est renouvelée un jour par semaine de 1684 à 1692, puis tous les deux ou trois jours, de cette époque jusqu'à la mort de la Bergère, c'est-à-dire pendant trente-quatre ans.

Quant au théâtre de ces luttes, le pèlerin peut s'en rendre compte par lui-même, s'il va au Laus en suivant le chemin qui vient de Gap. Arrivé sur la montagne, il rencontre d'abord la célèbre chapelle de l'Érable. De là, il suit la route que l'Ange et Benoîte ont si souvent parcourue ensemble. Arrivé au sommet de la côte, il voit, à droite et à gauche, les croupes boisées où la généreuse victime devait mourir de misère ; les crêtes dénudées où elle était exposée à toutes les rigueurs de l'hiver : puis, un peu plus bas, les pentes où elle a roulé ; les ravins, les broussailles qui embarassaient sa marche ; et il devine les efforts qu'elle dut faire pour regagner, dans les ténèbres, sa pauvre demeure, accablée de froid, de sommeil, l'âme navrée, le cœur rassasié de dégouts, le corps meurtri et brisé, obligée de faire diligence, avec ses pieds nus et sanglants, pour achever sa retraite avant la fin de la nuit. Elle fut aussi transportée sur le mont Saint-Maurice où elle avait passé quelques beaux jours de son enfance, et sur le Puy-Cervier, vers Jarjayes, d'où le retour était long et difficile. Il y a dans l'enceinte de ces montagnes un point escarpé et inaccessible, appelé dans nos manuscrits *la roche où l'aigle niche* : là, Benoîte a été transportée et abandonnée un grand nombre de fois.

Cependant, le démon, voulant en finir, la déposa un jour, non plus sur quelque sommet isolé, mais dans le champ qui est derrière le logis des prêtres, et qu'un chemin seul sépare de celui-ci. Ce champ appartenait même à la chapelle, et comme on était au mois de juillet, il était couvert de moissons. Satan la coucha donc à la renverse, au milieu des épis, dans un lieu si près du chemin, que les passants auraient entendu la moindre plainte, si toutes les puissances de la victime n'eussent été liées ; et il lui tint ce discours : « Cette fois, tu es en mon pouvoir, tu le vois ; tu ne peux faire un mouvement ni prononcer une parole sans que je le veuille. Je ne crains plus rien ; et c'est pour te le prouver, que je te tiens au centre du village et à deux pas de l'église, et que je brave la lumière du jour. Le soleil se lèvera pour te griller et non pour me faire fuir. Tu ne sortiras d'ici qu'en mon pouvoir. Si tu obéis, tu seras comblée de biens ; si non tu mourras sans prêtre et sans sacrements ; choisis. » Hélas ! les plaisirs et les menaces ne pouvaient guère toucher l'amante du Calvaire, qui avait bu à longs traits au calice amer du Sauveur. Elle ne répondit peut-être qu'en baissant les yeux avec résignation, et s'abandonna au bon plaisir de Dieu.

Mais le démon espère lasser sa patience ; il ne la quitte pas un instant ; les jours et les nuits se succèdent sans

qu'il lui laisse un moment de repos ; son horrible face pen-
chée sur celle de la victime, il lui parle bouche à bouche,
et l'infecte deux fois. Pas un moment de sommeil, pas
un mouvement, pas la moindre nourriture, pas une
goutte d'eau, quoique les chaleurs soient étouffantes.
Quinze jours se passent dans cet état. Au milieu de son
martyre, elle se plaint de ne pouvoir prier. — De telles
souffrances ne sont-elles pas une assez belle prière ?

Cependant on la cherche partout ; on interroge les
pèlerins ; les prêtres du Laus la redemandent en pleurant
à Marie. Benoîte entend souvent les plaintes dont elle est
l'objet, mais elle ne peut ni se lever, ni répondre un seul
mot. Bien plus, sa mère l'appelait de ravins à ravins,
avec une voix déchirante, à laquelle ne répondait que
l'écho de la solitude. Cette voix arrivait jusqu'au cœur
de la fille, et y enfonçait le dernier trait.

Or, MM. Hermitte et Peythieu, passant près du champ
du martyre, tout en causant de la pauvre Bergère, le
premier vit dans le champ quelques épis remuer. Il eut
la curiosité d'y entrer, pour voir ce que ce pouvait être.
A peine eut-il fait quelques pas, qu'il aperçut une espèce
de cadavre, qui respirait encore. « Benoîte !!! » cria-t-il
à son compagnon, qui accourt aussitôt. — « Est-ce bien
vous, ma chère sœur ? dit-il ensuite à Benoîte. » Celle-ci
le regarda d'un air languissant, et ne dit mot ; ce qui
lui fit comprendre qu'elle était sous le domaine d'une
puissance infernale (1). Il court donc à l'église, et revient
avec un surplis, une étole, le rituel, le bénitier, et il

_____

(1) Dieu a soumis d'autres saints à de pareilles épreuves.
Sainte Thérèse raconte qu'elle a été sous l'empire du démon
pendant un mois, à cause d'un grand pécheur qu'elle avait
réconcilié avec Dieu.

exorcise la chère Sœur. Le démon s'enfuit, et Benoîte parle, mais d'un ton si bas qu'à peine on l'entend. Elle était délivrée de l'esprit, mais non de la souffrance; elle n'avait pas la force de se relever. On la prend et on la porte à l'église, où on l'assied un instant sur une chaise, car elle ne pouvait se tenir à genoux. Après une courte action de grâces, on la transporte au logis d'en haut (la maison qui est derrière l'église), et on essaye de la réconforter; on ne peut lui faire prendre qu'une demi-cuillerée de vin; elle était si pâle, si défaite, qu'elle faisait peur à voir, disent nos historiens.

Le démon était décidé à la faire mourir. Elle fût morte vingt fois dans cette occasion, si un ange n'était venu la fortifier.

Un jour, le docteur Gaillard lui demande lequel elle préférait des sacrés stigmates ou des tortures que lui faisait subir l'esprit infernal. — « Hélas! répondit-elle, avec des larmes dans les yeux, quelle différence! Mes douleurs du vendredi n'arrivaient qu'une fois par semaine, à temps réglé, et n'affligeaient que le corps. Mais le démon m'enlève au moment où je m'y attends le moins; je suis dans des transes mortelles jusqu'à ce qu'il se présente. Il vient à toute heure, et me tourmente aussi bien dans mon âme que dans mon corps. Puisque Dieu le veut ainsi, que sa sainte volonté soit faite. Je lui avais demandé quelque chose de semblable, il m'a exaucé. »

Il semble que le persécuteur, après la défaite qu'on vient de voir, devait se lasser lui-même, il n'en fut rien... Le sanctuaire de Marie ne continuait-il pas à être témoin de conversions nombreuses auxquelles Benoîte contribuait par tant de moyens?

Le démon recommence donc ses persécutions nocturnes.

Une fois, ayant porté sa douce victime à *la roche où l'aigle niche*, et l'ayant laissée tomber, elle se fit tant de mal, qu'elle resta deux jours sans pouvoir revenir. L'ange paraissait donc l'avoir oubliée, et comme Jésus-Christ au jardin des Oliviers, elle put demander au ciel si elle était abandonnée... Cette tristesse eut manqué à son supplice. Aussi, désormais, ne craint-elle plus rien. Trois fois, Satan la transporte au seuil de l'enfer, pour lui faire voir ce que sont devenues des âmes pour qui elle avait prié. Les supplices des réprouvés lui firent répandre d'abondantes larmes, et elle ne voulut se consoler qu'en souffrant davantage ; elle ne trouvait plus le démon trop méchant.

CHAPITRE XV

Les âmes du Purgatoire et sœur Benoîte

Nous avons dit, au commencement de cette notice, que le ciel, l'enfer et le purgatoire s'étaient donné rendez-vous au Laus. Nous avons parlé du ciel : nous venons de montrer les honteuses défaites de l'enfer : parlons maintenant du purgatoire.

La charité, si grande, de Benoîte, ne pouvait s'arrêter aux limites du monde terrestre, elle s'étendait même aux régions du monde invisible. Benoîte comprenait les souffrances du purgatoire. C'est pourquoi l'une de ses grandes sollicitudes était d'en arracher le plus tôt possible les âmes qu'elle savait y être condamnées. Dans ce but, elle offrait de nombreuses pénitences et le tiers de ses prières (1). Lorsqu'il plaisait à sa bonne Mère ou à son bon ange de lui faire savoir l'arrivée au purgatoire d'une âme qu'elle avait aimée, au salut de laquelle elle s'était intéressée, elle n'avait rien de plus à cœur que de travailler à délivrer la pauvre prisonnière. Dès lors elle redoublait de ferveur dans ses rosaires et de rigueurs dans ses mortifications.

La pieuse fille n'exclut aucune âme de ses suffrages, pas même celles qui lui avaient fait du mal. C'est ainsi

----

(1) Le second tiers était pour la conversion des pécheurs et le troisième pour la conservation de sa pureté.

qu'elle prie pour un malheureux qui, de son vivant, avait, à plusieurs reprises, profité du moment où le démon l'emportait loin de sa chambre, pour la dévaliser. — « Bon Jésus, disait-elle, pardonnez-lui, je lui donne tout de bon cœur. »

Aussi, souvent ces âmes revenaient pour la remercier ; elles passaient près d'elle pour lui dire : Adieu, ma sœur. Un soir comme elle récitait son chapelet, une âme la regardait amoureusement prier et paraissait attendre sa délivrance avec la fin du rosaire. Il arrivait aussi que la cellule de la bonne Sœur était tout embaumée, par ces âmes, de suaves arômes.

Mais rien n'est comparable en ce genre à deux visions, à peu près pareilles, que nous allons relater ensemble.

Un jour de la Toussaint, et pendant cette veille des morts où les cloches tintent le glas plaintif, Benoîte priait pour les âmes du purgatoire, seule au pied de la croix d'Avançon. Le charme mélancolique de cette veillée sainte l'avait gagnée ; elle ne songeait plus à rentrer au village. Vers minuit, elle aperçut, du côté de la vallée, une nuée épaisse, « longue d'un quart de lieu, » toute composée d'une multitude innombrable d'âmes, sous formes humaines, qui tenaient chacune un cierge à la main et s'avançaient vers le Laus, en faisant retentir des chants d'église. Bientôt, elle distingua en tête du cortège la Très Sainte Vierge et deux anges. Ceux-ci entonnaient les litanies des Saints auxquelles répondait, d'une seule voix, toute la multitude. — « Que d'âmes, s'écria-t-elle, en s'adressant à l'un des esprits célestes. » — « Vous ne les voyez pas toutes, répondit celui-ci ; il y en a beaucoup d'autres dispersées dans les airs. » Puis, une âme, se détachant de la troupe, l'aborda, et, après l'avoir saluée, lui dit : — « Nous sommes des pécheurs et des pécheresses qui sortons du purgatoire. Pendant notre vie, nous sommes venus prier ici avec confiance, et la Mère de Dieu nous délivre en ce beau jour ; ses mérites, ainsi que vos prières et vos souffrances, chère sœur, ont abrégé notre temps. Avant de nous ouvrir les portes du paradis, elle nous conduit rendre grâces à son Sanctuaire. » Cependant la multitude passait sur la tête de la pieuse fille. Toutes les âmes entrèrent dans l'église, se mirent en prières, remercièrent Jésus et sa Mère ; puis, elles sortirent et montèrent au ciel....., où Benoîte les suivait du regard.

Après cela s'étonnera-t-on des saintes rigueurs que la généreuse Bergère exerce sur son corps.

CHAPITRE XVI

Maladie et mort de Benoîte

Ici nos manuscrits gardent le silence ; les quatre historiens de l'illustre Bergère la précédèrent dans la tombe. Mais il y avait alors, au Laus, une petite communauté de quatre ou cinq prêtres, qui furent témoins de sa mort précieuse et qui en ont rendu compte, pour l'édification des absents et de la postérité.

A mesure que Benoîte avançait en âge, elle sentait la soif des souffrances redoubler dans son cœur. Voyant sa fin approcher, elle s'efforçait de consacrer à Dieu les dernières flammes de sa vie. Déjà les tourments du démon ne suffisaient plus à son ardeur ; elle y ajoutait les jeûnes, les veilles, les cilices, comme au temps de sa jeunesse et de sa force. Mais elle n'avait plus de larmes ; elle en avait tant versé que la source en était tarie depuis plusieurs années et ne donnait que du sang vif, qui, soir et matin, coulait de ses yeux ; elle pleurait donc du sang, comme Jésus-Christ au Jardin des Oliviers ! ! ! Enfin, une douloureuse privation vint couronner son long sacrifice ; elle ne voyait plus sa tendre Mère, sa radieuse maîtresse ; Marie qui, tant de fois, l'avait réjouie, semblait l'abandonner dans ces moments suprêmes où l'on n'a plus d'espoir qu'en Dieu. Et Satan était là, pour enfoncer le trait plus avant dans son cœur : — « Elle t'a abandonnée, lui répétait-il sans cesse, elle t'a abandonnée ; tu n'a plus de recours qu'à moi. » — « Ah ! mourir mille fois, abandonnée par Marie, plutôt que de l'abandonner un seul instant ! » telle était la réponse que la chère victime faisait dans son cœur.

Vers les dernières fêtes de la Pentecôte, c'est-à-dire au moment de l'année où les concours sont le plus nombreux, et, partant, les grâces plus abondantes, le démon plus furieux que jamais, voulut en finir avec celle qui en était l'instrument : Benoîte vieillie et débilitée. Une nuit donc, il la tourmenta pendant quatre heures avec une rage croissante, la traînant par tous les coins de sa pauvre chambre, et la rouant de coups. Le lendemain, elle ne put se lever : « Nous allâmes lui faire une visite, écrit l'abbé Rogère, elle nous fit voir ses bras tous noirs des coups qu'elle avait reçus. »

Depuis lors, elle ne fit plus que languir : une fièvre ardente la dévorait nuit et jour, la nuit surtout, qu'elle trouvait « longue comme les années. » Il fallait que ces nuits fussent bien mauvaises pour qu'elle s'en plaignît, elle qui en avait passé tant d'horribles sans se plaindre ! Dès la Saint-André, c'est-à-dire, un mois avant sa délivrance finale, elle ne quitta plus le lit. Elle savait d'ailleurs qu'elle ne s'en relèverait pas : un ange le lui avait annoncé. Il lui avait, en même temps, fait connaître le jour de sa mort, qui serait celui de la fête des Saints-Innocents. Qui ne voit dans le choix de ce jour une dernière bénédiction accordée par le ciel à cette simplicité d'enfant que Benoîte conserva toute sa vie ? Harmonie dans la mort comme dans la vie : on se rappelle que la sœur des anges était née le jour de la fête le la Saint-Michel, prince des anges.

Deux nièces, qu'elle a laissées bien pauvres, sa filleule
Benoîte et sa « chère Isabelle » étaient sa compagnie
habituelle et l'assistaient pendant sa maladie. Elles eussent été comblées de bien, les deux braves filles, si on
eût laissé faire les gens riches ; prélats, magistrats,
hommes du monde et de l'armée eussent été heureux de
déposer l'or à leurs pieds, dans leur reconnaissance
attendrie et leur admiration pour leur tante. Mais la
sainte était là, avec son exemple et ses maximes : « J'aime
mieux, disait-elle, que mes nièces soient pauvres,
sauvées, que riches, damnées. » Elles furent donc
bien pauvres de ce côté ; elles durent l'être aussi bien
du chef de leur mère, car Benoîte n'a pas enrichi non
plus sa sœur, si on en juge par le trait suivant, qui
trouve sa place ici. Ayant, un jour, à faire filer de la
rite, don en nature de quelque pauvre paysan au Sanctuaire, elle voulut bien donner l'ouvrage à une de ses
nièces ; mais pas de grâce à la parenté pour le prix. La
fileuse demandait « deux sous par livre ; » Benoîte, dis-
pensatrice des deniers de la chapelle, offrait « sept liards. »
Ce qu'il y a de plus fort, c'est qu'elle marchanda sur ce
pied « un gros quart d'heure. » Le narrateur donne ce
fait comme la marque d'une intégrité trop sévère. Nous
y voyons la preuve d'une pauvreté aimée, qui rayonne de
Benoîte sur tous les siens. — Sainte pauvreté, qui donne
la vraie physionomie de cette chambre de malade, où
nous nous arrêtons un instant et où tout est pauvre : les
murs, les meubles, les servantes et la maîtresse.

Noël tomba cette année-là, 1718, un dimanche. En ce
jour, deux fois saint, Benoîte sachant qu'elle n'avait plus
que trois nuits à passer sur la terre, demanda le Saint
Viatique, qu'elle reçut avec une dévotion admirable,

après avoir sollicité jusqu'à deux fois son pardon de toute l'assistance. Pardon de quoi ?... Lorsque Benoîte eut reçu Notre Seigneur dans son cœur, la divine Marie reparut enfin, et vint la consoler une dernière fois, en embaumant sa pauvre chambre des parfums du ciel. Après cela que pouvait-elle désirer sinon la vue de Dieu même ?

Le lendemain, comme elle était plus faible, les directeurs du Sanctuaire durent envisager en face la perte qu'ils allaient faire. Ils ne pouvaient s'y résoudre. Que deviendraient-ils lorsqu'ils n'auraient plus leur sainte conseillère, et que le Laus serait privé de la Bergère inspirée ? Ils se tournèrent vers Dieu pour la lui redemander par d'unanimes prières. — « Encore deux ans, Seigneur, » disaient-ils. Mais, il fallait s'assurer du consentement de la malade et réclamer son appui. Ils allèrent ensemble, le mardi, lui présenter leur vœu, leur requête et leurs supplications. Benoîte répondit comme saint Martin : — « Seigneur, si je puis encore vous servir sur la terre, je ne refuse pas de vivre ; que votre volonté soit accomplie. » Puis elle se jeta dans les bras de son Dieu crucifié, dont l'image resta longtemps collée sur ses lèvres. Mais Dieu ne revint pas sur sa parole ; le sacrifice ne fut point accepté, et le mercredi, jour des Saints Innocents, fut pour Benoîte le terme de ses longues épreuves, comme il lui avait été promis.

Dès le matin, elle demanda qu'on chantât la grand'messe à son intention. L'abbé Poligny officia, et on y mit toute la solennité possible. Elle n'avait pas encore reçu l'Extrême-Onction qu'elle demandait depuis plusieurs jours. On ne s'était pas pressé de la satisfaire, parce qu'on ne voyait aucun signe précurseur d'une fin prochaine. Il faut dire qu'on ne devait en apercevoir aucun

jusqu'au dernier soupir. Il fallut enfin céder à ses ins-
tances, et vers trois heures après midi, on lui apporta
l'huile des malades. Elle se fit laver les pieds et les mains ;
elle se confessa une dernière fois ; puis elle se livra toute
entière aux mystérieuses opérations du sacrement, en
plein état de connaissance. Lorsque le prêtre fut à l'onction des oreilles, elle ne put retenir cette exclamation :
— « Elles en ont tant entendu ! En effet, et c'est par
là que la sainte Bergère du Laus se distingue de toutes
les autres vierges, inaccessible aux corruptions de la
chair, elle a dû en entendre toute la nomenclature, et la
répéter sans toutefois souiller son cœur. Nos manuscrits
sont pleins de choses qui les condamnent à ne jamais
voir le jour de la publicité dans leur intégrité, des choses qu'on peut écrire dans un registre secret ou dans un
ouvrage didactique, mais, qu'en dehors de là, on ne
peut plus nommer parce qu'elles sont *infâmes*. C'est là
ce qu'avaient entendu les oreilles de l'innocente créature,
entendu à en être battues et rebattues pendant un demi-
siècle ; c'est là ce dont elle demandait à l'onction sainte
d'effacer les moindres traces dans son esprit. Le sacrement produisit sur elle tout son effet ; depuis ce moment,
elle fut complètement heureuse, et sa joie, visible sur
ses traits, ne la quitta plus.

La mort s'approchait, mais sans son cortège accoutumé de délire et d'agonie ; on ne la voyait pas venir. Cependant, les directeurs comprirent, aux symptômes qui se
succédaient, que leur vœu n'avait pas été exaucé, que
leur consolation leur échappait, et qu'ils n'avaient plus
qu'une bénédiction à attendre de celle qu'ils s'efforçaient
en vain de retenir. — « Chère sœur, dit alors l'abbé Rogère, nous sommes vos enfants ; ne voulez-vous pas nous

bénir, avant de nous quitter? » La malade répondit :
« C'est à la Bonne Mère de vous bénir. » Mais elle
se reprit bientôt, en faisant un effort sur son humilité
pour ne pas les désobliger. — « Je le veux bien, dit-elle,
mes bons Pères, je vais aussi vous bénir. » En même
temps, elle sortit du lit sa main que venait de sanctifier
l'huile consacrée, et ces vénérables prêtres, qui l'avaient
bénie tout à l'heure au nom de Dieu dont ils sont les
ministres, maintenant à genoux autour de ce grabat,
courbent leur tête sacrée, tous à la fois, sous la main
défaillante de l'humble servante de Marie. Tel est l'empire de la vertu et de la sainteté !

Huit heures du soir étaient proche. Les directeurs,
moins le prieur, étaient sortis pour dire leur office et
prendre les mesures qui leur permissent de veiller toute
la nuit au chevet de la malade et de ne pas manquer le
moment où il leur serait donné de voir comment meurent
les saints. Les apparences les trompaient. A peine étaient-
ils sortis que Benoîte fait ses adieux à ses nièces, à M. le
prieur, et à toutes les personnes présentes. On allume
son cierge bénit ; on lui fait la recommandation de l'âme ;
à sa prière, Isabelle et sa filleule récitent les litanies de
l'Enfant-Jésus ; puis elle lève les yeux au ciel et rend
joyeusement le dernier souffle de vie... Elle conserva sa
connaissance jusqu'au bout et n'eut point d'agonie. Le
sourire resté sur ses lèvres fit assez comprendre que les
anges étaient là en grand nombre, pour recevoir l'âme
de celle qui fut leur sœur et l'accompagner au ciel.

Au ciel, où l'attendaient la couronne des vierges et
celle des martyrs, Quelle vierge fut plus pure que celle-
ci ? Quelle martyre souffrit davantage ? Quel tyran fut plus
cruel que son persécuteur Satan ? Lorsqu'on la revêtit de

ses habits, on trouva sur son corps les dernières marques de son martyre occulte.

Les dominicaines ont un vêtement religieux qu'elles conservent à seule fin de s'en servir à la mort et de l'emporter dans la tombe, Benoîte, comme tertiaire, avait le sien qu'elle appelait sa robe de noces ; on l'en revêtit dès le soir même pour l'exposer au public dans la chapelle. Le lendemain, on la porta en procession autour de l'église et on fit le service funèbre, qui fut célébré avec toute la pompe possible. Il y eut un grand concours de peuple quoique la quantité de neige qui était tombée pendant la nuit, eût rendu le Laus presque inaccessible. Le clergé des paroisses voisines était accouru avec de nombreux fidèles. On ne croyait pas pouvoir trop honorer les funérailles de celle qui avait été la confidente de la Reine du Ciel et l'instrument de ses miséricordes. Les foules, au fur et à mesure qu'elles arrivaient par tous les sentiers aboutissant au saint vallon, se pressaient autour de la sainte Bergère, et voulaient contempler encore une fois ses traits vénérés. On se disputait le bonheur de faire toucher, à son corps ou à ses vêtements, des chapelets, des croix, des médailles ou autres objet de piété. Ses habits, ses meubles, même les plus usés, étaient enviés et partagés comme des reliques, qui devaient être non seulement un souvenir pieux, mais un gage protecteur. On ne se consolait de la mort de la sainte fille que par la pensée que, du haut du ciel, elle continuerait à protéger et le sanctuaire qu'elle avait fondé et les fidèles qui viendraient y invoquer avec confiance la *Bonne Mère*.

Une mort aussi précieuse devant Dieu n'aurait pas dû être un sujet de larmes, et cependant au moment où se terminait la cérémonie funèbre, l'émotion contenue jusqué-là, éclata et devint générale. C'était un vrai désespoir ; on ne pleurait pas, on poussait des sanglots, de hauts cris et comme des *hurlements*, dit le P. Royère, témoin de la scène.

La persuasion que Benoîte était une sainte, et que ses ossements feraient un jour des miracles, s'était tellement enracinée dans les esprits, du vivant même de la Bergère, que les habitants de Saint-Étienne s'étaient promis de revendiquer sa dépouille sacrée, comme une propriété de leur paroisse. Ce dessein fut connu, et pour le déjouer, le directeur de Benoîte lui fit déclarer par testament qu'elle voulait que son corps fût enseveli au Laus. Malgré cette garantie, on craignait un enlèvement du précieux trésor par les concitoyens de la sainte Bergère, et c'est pourquoi, dès le soir même du décès, il fut transporté à l'église et gardé à vue jusqu'au moment de son inhumation dans le caveau.

Le tombeau fut fermé d'une grosse pierre, que l'on voit encore aujourd'hui à fleur de sol, et sur laquelle on grava l'inscription dont voici le *fac-simile* :

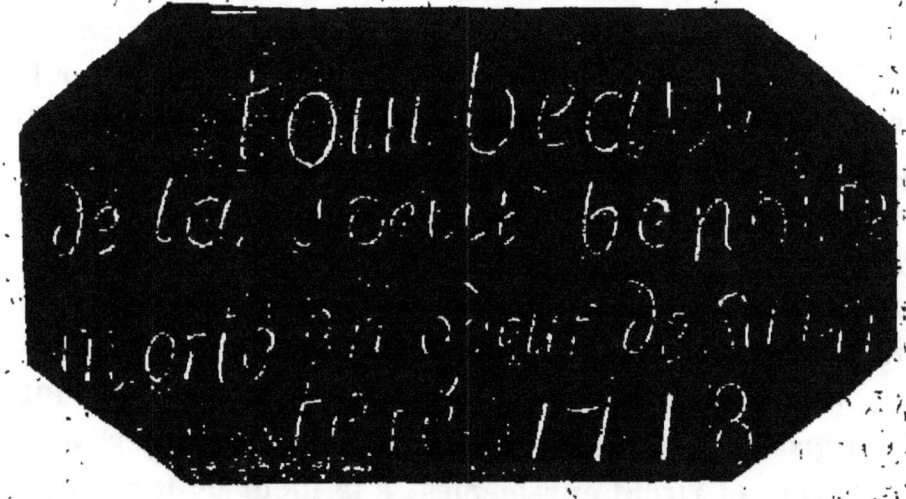

Le trait barbare de cette inscription paraît taillé par un artisan inhabile à manier le ciseau, ou par un prêtre dont la main ne sait que bénir ; évidemment, un artiste n'a point passé là. On rencontre à chaque pas, dans les catacombes de Rome, des épitaphes aussi grossièrement faites, mal alignées, et remarquables même par des fautes d'orthographe ; témoignage touchant de gêne, de crainte et de pénurie, pendant les persécutions. Alors, à défaut de sculpteur, un frère, un ami descendait dans la nécropole, et, à la lumière d'une lampe, avec des outils improvisés, il taillait, comme il savait faire, le nom du défunt sur une brique ou une feuille de marbre. Ce n'est pas sans émotion qu'on trouve sur la tombe de Sœur Benoîte quelque chose qui rappelle ces beaux temps de la foi.

Les restes précieux de la Vénérable Sœur Benoîte reposaient en paix dans l'humble caveau qui les abritait, lorsque la Providence permit qu'un accident vint troubler leur repos pour accroître la vénération qui les environnait.

C'était en 1788, tout juste avant cette tourmente révolutionnaire qui viola tant de tombeaux et jeta aux vents tant de cendres bénies. Un ouvrier, du nom de Jullien, travaillait à l'église tout près de la tombe de la sainte Bergère. Une lourde pierre qu'il laissa choir, frappa l'angle du marbre tumulaire, le brisa et alla enfoncer la partie supérieure du cercueil. Un éclat de la planche fit à la joue droite de la sainte une blessure de laquelle sortirent quelques gouttes d'un sang vermeil. L'ouvrier, ému et quelque peu troublé de ce qui venait de se passer, courut chercher Sébastien Bertrand, son filleul, âgé de huit à dix ans, et Barthélemy Bertrand, frère de Sébastien, pour les prier de lui tenir un flambeau pendant qu'il réparait les dégats survenus. Les jeunes Bertrand accoururent et virent eux-mêmes, à la lueur de la lampe, le sang qui s'était échappé de la plaie encore béante.

Tous les trois en furent émerveillés, et ils racontèrent que le corps de la sainte Bergère était en tout semblable à celui d'une personne endormie (1).

Le tombeau de sœur Benoîte, de nouveau fermé et scellé, ne fut plus ouvert qu'en 1854. A cette époque, la pose d'un carrelage en marbre dans le sanctuaire fut la cause d'une nouvelle visite. Mais on ne trouva plus que des ossements et des restes de la robe de la pieuse fille, qui furent placés, par Monseigneur Depéry, dans une chasse en plomb. Cette chasse, scellée solidement, est placée sur quatre briques, au milieu du caveau, directement au-dessous de la pierre tumulaire.

Depuis ce moment, les cendres de la sainte Bergère reposent dans la paix de leur tombeau, attendant l'heureux jour où l'église nous autorisera à les lever solennellement pour les placer sur l'autel.

(1) Ces détails ont été donnés par plusieurs témoins, cités pour le procès de canonisation, et, en particulier par Madeleine Farnaud, veuve Aubin, âgée de 71 ans.

CHAPITRE XVII

Sainteté de Benoîte

MORTE EN ODEUR DE SAINTETÉ....! — Sainteté : ce mot écrit sur la tombe modeste de la Bergère, en présence du clergé et des fidèles rassemblés en grand nombre pour la circonstance ; ce mot qui est resté écrit sous les yeux des générations qui se sont succédé là, s'échappe encore aujourd'hui du cœur et des lèvres de chacun : *Sainte Benoîte, priez pour moi !* Témoignage, qui, en d'autres siècles, eût valu une canonisation.

Cependant, le titre de *Sainte* donné à la Sœur Benoîte n'avait, jusqu'à ces dernières années, que l'autorité de la foi des pèlerins du Laus ; l'ombre dont elle aimait à se couvrir pendant sa vie planait encore sur sa tombe ; l'humble fille n'avait pas été exaltée ; Benoîte n'était pas canonisée. Il manquait donc quelque chose à sa gloire. Comment l'idée de combler ce vide, pouvait-elle ne pas venir à l'un ou à l'autre des Évêques de Gap, qui tous ont été si heureux de travailler pour le Laus ? Le successeur de Monseigneur Depéry, Monseigneur Bernadou, aujourd'hui cardinal-archevêque de Sens, trouvant beaucoup de choses déjà faites, s'empara de celle-ci. Il fit une enquête juridique pour introduire la cause de la canonisation de Benoîte devant le tribunal de la Cour romaine. — « Nous avons vu, dit M. le chanoine Pron, le registre

des dépositions de divers fidèles des Alpes, appelés à
exprimer, sous la foi du serment, leur dire et leur témoignage. Rien n'est touchant comme l'expression unanime
des mêmes sentiments, de la part de tant de personnes
de conditions diverses. »

La requête du diocèse de Gap a été favorablement
accueillie par le Souverain Pontife ; et le 7 septembre de
l'année 1871, Pie IX déclarait Sœur Benoîte *Vénérable*,
et signait l'introduction de la cause, c'est-à-dire que,
frappé de tant de vertus héroïques, le Souverain Pontife
a ordonné la poursuite de l'enquête pour la canonisation.

Que le lecteur veuille bien s'unir à nous et à tous les
admirateurs de la Vénérable Bergère pour demander à la
Bonne Mère du Laus de faire hâter ce procès de canonisation, qui nous permettra de rendre un culte public à sa
chère fille ; et, pour engager nos pieux lecteurs à faire
cette demande avec confiance, nous ne saurions rien leur
répéter de plus persuasif que ces paroles tirées de nos
manuscrits : l'Ange dit à Benoîte « *Que la dévotion du
Laus serait plus grande après sa mort qu'elle n'a pas été,
ni ne sera pendant sa vie, parce que ses ossements feront
des miracles : les personnes infirmes y iront de toutes parts
et de bien loin pour guérir et guériront ; ce qui est contre
ce que la plus part du monde croit, qu'après sa mort la
dévotion finira ; mais que ce sera tout le contraire.* »

Plusieurs miracles qui ont été recueillis par l'enquête
préparatoire de la canonisation de sœur Benoîte, nous
démontrent un commencement de réalisation de la pro-
phétie. Ne cessons pas de demander son entier accomplissement, pour la gloire de Dieu, l'honneur de la Sainte
Vierge et de sa fille, la Vénérable Sœur Benoîte, et pour
le salut des âmes.

CHAPITRE XVIII

Perpétuité du Pèlerinage

Le lecteur qui a voulu un peu réfléchir, en lisant cet opuscule, comprend très bien pourquoi nous ne consacrons pas un chapitre à démontrer la vérité indiscutable des faits merveilleux sur lesquels repose le pèlerinage du Laus. Ces faits merveilleux ont été trop publics, trop faciles à vérifier, pour que l'erreur ait été possible.

Ne sont-ce pas des faits importants, publics et faciles à vérifier, que ces apparitions de Notre-Seigneur Jésus-Christ, des anges, d'un grand nombre de saints, de la Sainte Vierge surtout, qui pendant cinquante-quatre ans apparaît au Laus, en présence, quelquefois, d'une multitude témoin des extases de la pieuse voyante, au moment des apparitions ?

Ne sont-ce pas des faits importants que ces parfums célestes, qui embaumaient le vallon, chaque fois que la Reine du Ciel, Jésus-Christ, les anges, apparaissaient à l'humble Bergère, et jetaient les pèlerins dans l'ivresse du bonheur ?

Ne sont-ce pas des faits importants que ce grand nombre de miracles, des aveugles qui voient, des paralytiques qui marchent, des malades qui guérissent, des morts qui ressuscitent, au milieu d'une foule qui s'écrie : « Miracle ! miracle ! » et constate, de ses propres yeux, les guérisons, les prodiges ?

N'est-ce pas un fait important et facile à vérifier que
Sœur Benoîte, hier encore ignorante, ne sachant pas lire
dans un livre et qui, tout-à-coup, lit au fond des cœurs
comme dans un livre, en découvre les pensées, les désirs
les plus secrets, les desseins les plus cachés, en dévoile
tous les péchés jusque-là connus de Dieu seul, et prédit
enfin tous les événements de l'avenir, avec toutes les circonstances de temps, de lieu et les personnes qui en seront
les principaux auteurs, événements qui arrivent au jour,
à l'heure indiqués ?

N'est-ce pas un fait important que Sœur Benoîte hier
encore obscure, pauvre bergère de village et enrichie tout-
à-coup de toutes les faveurs célestes, en relation intime,
pendant cinquante-quatre ans, avec la Reine du Ciel
et sa cour, et vivant, pendant plus d'un demi-siècle dans
ce vallon du Laus, au milieu d'une foule de pèlerins
accourus au bruit de ses prodiges, qui la voient, l'entendent, lui parlent et jugent de son tempérament, de son
caractère, de son état intellectuel et moral, de l'accomplissement de ses prophéties, de la vérité de ses révélations ?

Ne sont-ce pas des faits importants et faciles à vérifier
que ces trois enquêtes ordonnées et faites par l'autorité
diocésaine d'Embrun ?

En 1665, c'est M. Lambert, official, vicaire général,
administrateur du diocèse, qui vient au Laus un an
après les premières apparitions, accompagné du père
Gérard, recteur du collège des jésuites, de plusieurs
autres prêtres éminents de la cité embrunaise. Quatre
ans après, c'est M. Javelly, vicaire général, administrateur du diocèse, qui fait venir Sœur Benoîte et sa mère
à Embrun, où, pendant plus de quinze jours, il fait subir

à la Bergère de nombreux et longs interrogatoires devant plusieurs pères jésuites.

En 1672, c'est Monseigneur l'Archevêque de Genlis, qui vient au Laus, en personne, avec une suite nombreuse pour tout examiner par lui-même, interroger la voyante, avec la pensée de convaincre la pauvre fille d'hallucination ou d'hypocrisie. Or, ces enquêtes commencées publiquement, avec l'intention de proscrire la dévotion du Laus, de fermer la chapelle, de séquestrer la Bergère, d'interdire les prêtres, se terminent au milieu de tels prodiges, de tels miracles que les enquêteurs disaient hautement qu'il y avait quelque chose d'extraordinaire dans cette chapelle, que Dieu y résidait véritablement et que Benoîte joignait à la plus grande simplicité la vertu la plus solide. Devant de pareils faits, aussi publics et faciles à vérifier, le lecteur comprend pourquoi nous n'insistons pas davantage.

Cependant, nous ne pouvons pas, en terminant cette petite histoire du Laus, laisser sans réponse une objection que pourra se faire le lecteur. — Oui, se dira-t-il, j'admets que tout ce que je viens de lire est vrai. Les preuves d'authenticité sont trop nombreuses et irréfutables. Mais, depuis longtemps, Marie a quitté ce vallon du Laus ; elle est allée ailleurs fixer son séjour. — Sans doute, répondrons-nous, Marie, depuis deux cents ans, a bien établi d'autres sanctuaires, et sur les montagnes et dans les vallées, où elle prodigue ses grâces, à tous ceux qui viennent implorer sa protection. Mais le Laus n'en est pas moins resté son Sanctuaire privilégié, son palais préféré, d'où elle commande à la nature entière, aux anges, aux hommes et aux démons : où les pauvres pécheurs trouvent la grâce de leur conversion.

Dans le mois de mars de l'année 1700, au moment où tous les démons de l'enfer et leurs suppôts de la terre, les jansénistes, semblaient déchaînés contre le Laus et menaçaient de le détruire, Sœur Benoîte craignait pour sa chère chapelle ; mais son ange, sur l'ordre du ciel, lui apparaît et lui dit : « *Ne craignez rien, ma sœur. Ils ne pourront réussir dans leurs desseins. Le Laus est l'ouvrage de Dieu ; ni l'homme, ni le démon, avec toute leur malice et leur rage, ne sauraient le détruire ; il subsistera jusqu'à la fin du monde, fleurissant toujours plus et faisant de grands fruits partout.* »

Aussi, ne craignons rien ; le Laus a pour lui les promesses d'immortalité, et il sera toujours, quoi qu'il arrive, un asile assuré où les âmes coupables pourront retrouver, avec le pardon de leurs fautes, l'amitié de leur Dieu.

Ah ! sans doute, Benoîte n'est plus là pour scruter les consciences, pour révéler ces secrets dont l'aveu coûte tant à la nature humaine ; elle n'est plus là avec sa parole si douce et si pleine d'onction et de force, pour nous inspirer l'horreur du péché et l'amour de la vertu ; mais l'apostolat de Benoîte n'a pas été interrompu par sa mort. Benoîte, nous en avons la douce certitude, continue au ciel sa mission. Au ciel, il est vrai, elle ne pleure plus, mais elle prie encore ; elle ne souffre plus, mais elle aime toujours ; le temps de son martyre est fini, mais son sang et ses larmes, répandus dans son immolation pour le salut des âmes, recueillis dans des vases d'or et présentés par les anges devant le trône de Dieu, ne cessent de crier miséricorde pour les pauvres pécheurs qui viennent s'agenouiller sur sa tombe.

Là, sur cette pierre froide, on sent le repentir naître dans l'âme et la confiance revenir au cœur. De douces larmes s'échappent des yeux, les lèvres murmurent des prières oubliées depuis longtemps, et bientôt un aveu, devant lequel on avait reculé jusque-là, soulage la conscience oppressée et rend à l'âme la paix et le bonheur.

Oui, Benoîte vit au Laus, et il semble qu'une partie de son bonheur doit être de revoir, en esprit, ce vallon, si riche pour elle en souvenirs de tout genre, et cette chapelle où Marie la charmait, et ce désert où le démon la transportait, et ces lieux où elle a tant prié, et cette cellule témoin de ses souffrances, et ces sentiers, enfin, où elle a si souvent passé, et où cheminent encore, en parlant d'elle, d'innombrables pèlerins.

Benoîte n'est point morte pour le Laus ; elle lui appartient, dans sa vie glorifiée, comme auparavant, plus peut-être ; personne désormais ne pourra la lui enlever. Les destinées du pèlerinage sont, sans doute, dans les vues de Dieu, attachées à son tombeau, et la mesure comblée de ses mérites ne se videra jamais. Seulement, Benoîte se cache derrière la Sainte Vierge, comme la Sainte Vierge s'était d'abord cachée derrière Benoîte, jusqu'à ce que la grande voix des miracles redise à tous les échos de nos montagnes : « *Sainte Benoîte, notre protectrice, priez pour nous. — Amen !* »

CHAPITRE XIX

La dévotion du Sacré-Cœur et le Laus

Il est, à cette heure, une dévotion dont le monde est rempli et dont la France est particulièrement attendrie et pénétrée parce que c'est en France que cette dévotion est née, qu'elle s'est développée, et parce que c'est de la France qu'elle s'est répandue dans le monde catholique. Cette dévotion, le lecteur l'a nommée, c'est la dévotion au Sacré-Cœur de Jésus. Cette dévotion a été donnée par notre Sauveur lui-même comme le remède spécial à opposer aux maux qui désolent l'Église dans ces derniers temps : « *C'est le dernier effort*, dit Jésus-Christ à la Bienheureuse Marguerite-Marie, *que fait mon amour pour porter les hommes à m'aimer : en leur donnant mon Cœur à aimer, je leur ouvre tous les trésors d'amour, de grâces, de miséricorde, de sanctification que ce Cœur contient et tous ceux qui voudront l'honorer et l'aimer seront enrichis de tous les trésors dont ce divin Cœur est la source féconde.* »

Or, il y a entre les faits merveilleux du Laus et ceux de Paray, où a pris naissance la dévotion au Sacré-Cœur, des coïncidences et des ressemblances si providentielles qu'on peut dire que la Sainte Vierge a établi le Sanctuaire du Laus pour favoriser la dévotion au Sacré-Cœur.

Notre-Seigneur, dans ses révélations à la bienheureuse Marguerite-Marie, se plaignait de l'ingratitude, des irrévérences, des sacrilèges dont les hommes se rendaient coupables envers la divine Eucharistie. le sacrement de son amour et il demandait, en retour, qu'on rendît un culte d'amour et de réparation à son Sacré-Cœur, foyer de l'amour divin qui l'avait porté à se donner à nous, comme victime sur le calvaire, et comme nourriture sur l'autel : « *Voilà ce Cœur*, disait Jésus-Christ à la Bienheureuse, *qui a tant aimé les hommes, qu'il n'a rien épargné jusqu'à s'épuiser et se consumer pour leur témoigner son amour ; et, en reconnaissance, je ne reçois, de la plupart, que des ingratitudes par leurs irrévérences et sacrilèges et par les froideurs et mépris qu'ils ont pour moi dans ce sacrement d'amour !* » Puis, comme réparation pour tant d'outrages, Jésus demandait des communions : « *Je te demande*, disait-il à la Bienheureuse, *que le premier vendredi, après l'octave du Saint-Sacrement, soit dédié à une fête particulière pour honorer mon Cœur, en communiant ce jour-là.* » Dans une autre circonstance, s'adressant à son humble servante, Notre-Seigneur lui dit encore : « *J'ai une soif ardente d'être honoré et aimé des hommes dans le Saint-Sacrement et cependant je ne trouve personne qui s'efforce, selon mes désirs, de me désaltérer en usant envers moi de quelque retour ;* » et il recommande à Marguerite-Marie de le recevoir dans la sainte communion autant que l'obéissance le lui permettait, et de communier, en outre, tous les premiers vendredis de chaque mois.

Or, à la même époque où Jésus se plaignait ainsi à la sainte religieuse de Paray, Marie établissait au Laus, une source de grâces extraordinaires pour aider les hommes à bien communier et à consoler le Dieu de l'Eucharistie des irrévérences, des sacrilèges dont il est l'objet dans le sacrement de son amour. Rappelons ici les paroles de la Sainte Vierge à Benoîte : « *J'ai demandé le Laus à mon Fils pour la conversion des pécheurs ; il me l'a octroyé. Je veux faire construire ici une grande église ; cette église sera bâtie en l'honneur de mon très cher Fils et au mien. Beaucoup de pécheurs et de pécheresses s'y convertiront.* » L'église est construite, les anges en prennent possession au nom de leur Reine et font retentir ces voûtes sacrées de ce chant céleste : « *Béni soit le Père céleste qui a choisi ce lieu pour la conversion des pécheurs !* »

La conversion des pécheurs, voilà le but du pèlerinage du Laus ; mais ce but, si on veut bien réfléchir, n'est-il pas, au fond, la dévotion au Sacré-Cœur ? Jésus-Christ, nous l'avons remarqué plus haut, se plaignait surtout des irrévérences, des sacrilèges dont on l'abreuvait dans l'Eucharistie ; mais qui sont ceux, parmi les chrétiens, qui se rendent les plus coupables de froideur, de mépris, de sacrilège à l'égard du Saint-Sacrement ? Ne sont-ce pas les pécheurs ? Or la Sainte Vierge, en établissant le Sanctuaire du Laus comme un refuge où les pécheurs pouvaient trouver toutes les grâces dont ils avaient besoin pour se bien confesser et faire ensuite la sainte communion, établissait par là même le Sanctuaire de la réparation au Sacré-Cœur.

Ce qui prouve, d'ailleurs, cette fin dernière du pèlerinage du Laus, c'est qu'à peu près à la même époque, avons-nous dit, où Notre-Seigneur demandait à la Bienheureuse Marguerite-Marie un culte de réparation pour son divin Cœur, Marie apparaissait dans le vallon du Laus pour aider les pauvres pécheurs à faire de bonnes confessions et de saintes communions et à consoler ainsi le Cœur de Jésus. En effet, c'est en 1664 que la Bonne

Mère est descendue dans nos Alpes, et a demandé la construction d'une église ; c'est en 1666 que l'église est commencée, c'est en 1670 qu'elle est entièrement terminée ; c'est en 1672 que Monseigneur de Genlis, archevêque d'Embrun, après une troisième enquête très sévère, qui devait être la dernière, autorise la dévotion du Laus : Or, c'est à la même époque que le Divin Maître était apparu à Paray-le-Monial, et avait proposé la dévotion à son Sacré-Cœur, méprisé, outragé dans son amour, et avait demandé, pour le consoler, de saintes communions.

Ce n'est pas tout, cette même année 1673, où Jésus proposait la communion comme réparation à son Sacré-Cœur, il apparaissait à la Vénérable Sœur tout couvert de plaies et tout sanglant, sur la croix d'Avançon, dont nous avons déjà parlé, afin d'encourager la pieuse fille à prier, à souffrir pour obtenir la conversion des pécheurs et les amener à faire de saintes communions. Ne sommes-nous pas, dès lors, en droit de dire que le Sanctuaire du Laus est le Sanctuaire de la réparation au Sacré-Cœur.

Mais une seconde raison qui vient confirmer la vérité de cette assertion, c'est la grande ressemblance qui existe entre la vie de la Bienheureuse Marguerite-Marie et celle de la Vénérable Sœur Benoîte.

Marguerite-Marie et Benoîte sont arrivées à la vie la même année 1647. Toutes jeunes encore, elles perdent leur père ; elles n'avaient, l'une et l'autre, que huit ans. A cet âge, encore si tendre, elles sont l'appui, la consolation de leurs mères, devenues veuves. Dès leurs plus jeunes années, elles se font remarquer par leur grand amour pour la virginité. A l'âge de quatre ans, Marguerite-Marie disait au Seigneur : « Je fais vœu de chasteté perpétuelle ». Et, à l'âge de seize ans, elle le renouvelle. Le père de

Benoîte, frappé de l'amour que sa fille, encore toute jeune, professe pour cet aimable vertu, aimait à dire : « Ah ! celle-là ne me coûtera pas à marier. » Toute leur vie, ces deux vierges professent une telle prédilection pour la vertu angélique que la pensée de la moindre impureté les faisait fondre en larmes ; aussi ces deux anges de la terre vivaient en relation continuelle avec les esprits célestes. La Bienheureuse Marguerite-Marie les appelait ses coassociés, et la Vénérable Sœur Benoîte, ses frères.

La Sainte Vierge, Jésus-Hostie, Jésus-Crucifié, les âmes du purgatoire partageaient également l'amour de leurs cœurs, inspiraient leurs prières et leur mortification. C'est par les humiliations et les souffrances qu'elles s'exercent à remplir la mission que le ciel leur a confiée. A l'âge de vingt ans, la Bienheureuse Marguerite-Marie a passé sept ans de sa vie dans les souffrances que lui ont causé deux maladies successives et toutes deux très douloureuses. Mais la maladie ne suffisait pas à apaiser sa soif de la souffrance, elle y joint encore toutes les austérités de la pénitence. « Toutes les heures passées sans souffrance, disait-elle, sont perdues pour moi, et si je souhaite de vivre c'est pour avoir le bonheur de souffrir. » Son amour pour la souffrance allait jusqu'à la passion ; « il fallait, dit un de ses supérieurs lui arracher les verges des mains, car si on lui eût laissé faire, elle se serait mise tout en sang. » Au milieu de cette vie si sainte et si austère, elle ne recueille que les dérisions et le mépris. L'enfer semblait soulevé contre elle. On la traite de visionnaire, d'hypocrite. Elle devient pour toute sa communauté un objet de rebut. La plupart des religieuses se demandaient si elle n'était pas possédée du démon ; quelques-unes lui jetaient de l'eau bénite en passant ; son confesseur la prive même un moment de la communion, qui était son seul bonheur. Les jansénistes se mêlent à la lutte. Ce sont eux qui dirigent la plus terrible attaque contre la pauvre fille. Enfin le démon espérant achever son triomphe apparaît en personne et, pendant de longues années, il torture cette vraie amante de la croix. — N'est-ce point là la vie de la Vénérable Sœur Benoîte ? Est-ce que la pieuse Bergère, dans un coin des Alpes, ne souffrait pas aussi, dans le même moment, pour la même cause, les humiliations, les persécutions des hommes et du démon ? Comme la Bienheureuse Marguerite-Marie, Benoîte est tellement passionnée pour la souffrance que les tortures des hommes et du démon ne lui suffisent pas ; elle ajoutait un martyre qu'elle s'imposait elle-même par les jeûnes, les veilles, les austérités de tout genre ; et ses austérités allaient si loin qu'il fallait que les anges intervinssent, lui enlevassent ses instruments de pénitence et les tinssent cachés pendant un certain temps. Le lecteur ne s'étonnera plus, dès lors, si à ces deux amantes de la croix, Jésus, pour satisfaire leur soif de la souffrance, les fait participer aux douleurs de sa passion.

La Bienheureuse Marguerite-Marie est entrée, il est vrai, dans un couvent pour recevoir les entretiens du Sauveur ; il fallait à cette âme toute céleste, le recueillement du cloître. Dieu ne se communique pas à l'âme au milieu des distractions, des agitations du monde. Benoîte reste au contraire dans le monde, afin de se mettre en rapport avec les pécheurs ; le vallon du Laus n'était-il pas pour Benoîte un cloître où elle pratiquait toute la perfection du monastère ! Mais le trait de ressemblance le plus frappant qui existe entre ces deux vies, c'est l'humilité. Du berceau à la tombe, nos deux pieuses filles ne songent qu'à se cacher ; elles ne le font jamais assez, à leur avis. Plus les grâces deviennent éclatantes, plus ce besoin d'oubli, de mépris, d'humiliation grandit.

Enfin l'une et l'autre ont eu un saint prêtre pour les aider à remplir leur mission et en assurer le succès. Pour la Bienheureuse Marguerite-Marie, c'est le Père de la Colombière ; pour la Vénérable Sœur Benoîte, c'est M. Gaillard, qui fait élever l'église du Laus, veille sur les jours de la Bergère menacés par les jansénistes, et écrit, sous la dictée de l'humble fille, l'histoire des cinquante premières années du pèlerinage.

Or cette similitude de vie de la vierge du Charollais et de la vierge des Alpes ne prouve-t-elle pas qu'elles travaillèrent toutes deux ; dans des situations différentes, à la réalisation d'un même dessein ?

Il est vrai que la ressemblance de ces deux vies, jusque-là si parfaite, cessa à l'heure de la mort. La Bienheureuse Marguerite-Marie mourut en 1690, c'est-à-dire vingt-huit ans avant la Vénérable Sœur Benoîte. Mais cette différence, si on veut bien l'examiner de près, se comprend facilement : Jésus était apparu à la vierge du Charollais ; il lui avait demandé de proposer aux hommes son divin Cœur, comme une source de grâces à tous ceux qui lui rendraient un culte d'amour et de réparation par de saintes communions. Or, en 1690, nous disent les historiens, la dévotion au Sacré-Cœur commençait à se répandre, non-seulement à Paray, dans le diocèse d'Autun, mais à Lyon, à Marseille et jusqu'à Rome. La mission de Marie Alacoque était donc terminée ; elle n'avait plus qu'à aller recevoir la récompense promise. Le Sei-

gneur ne la fait pas trop attendre ; le 17 octobre 1690,
son âme toute pure quittait son corps virginal pour s'en
aller vivre d'amour au Ciel.

Il n'en était pas ainsi de Benoîte ; sa mission n'était
pas achevée. C'était à elle à disposer les âmes, et à les
aider à consoler Jésus-Christ par de bonnes communions,
et pour atteindre ce but, il faudra aider les pèlerins à
faire de bonnnes confessions ; mais pour bien se confesser, il faut examiner sa conscience, faire un aveu sincère
de ses fautes, joindre au regret la volonté de se corriger,
et, pour remplir ces conditions, il faut le secours de la
grâce ; or, la grâce ne s'obtient que par la prière et par
la pénitence. Et comment prier ? Les pécheurs avaient-
ils les lèvres et le cœur assez purs pour parler le langage
de la prière ? Comment souffrir ? Habitués à savourer le
plaisir que procure la satisfaction de leurs passions les
plus grossières, les pécheurs pouvaient-ils souffrir avec
résignation les peines ordinaires de la vie ? Il fallait donc
que Benoîte priât et souffrît encore de longues années
pour les pauvres pécheurs et que, victime toujours pure,
par ses longues prières, ses austérités effrayantes, elle
accomplît, dans sa chair, la passion du Sauveur, et ob-
tînt les grâces dont les pauvres pécheurs avaient besoin
pour se bien confesser et consoler ensuite le Sacré-Cœur
de Jésus par de saintes communions.

Après l'exposé de ces faits, il est naturel que, dans
le béni Sanctuaire du Laus, se réalisent, d'une manière
particulière, les désirs que Notre-Seigneur a exprimés à
la Bienheureuse Marguerite-Marie.

APPENDICE

CONFRÉRIE DE NOTRE-DAME DU LAUS
POUR LA CONVERSION DES PÉCHEURS

Le pèlerinage de Notre-Dame du Laus a été établi pour la conversion des pécheurs. Ce but ressort clairement des paroles adressées par la Sainte Vierge à la Vénérable Sœur Benoîte : « *Je veux être honorée au Laus... Allez au Laus... Je veux faire bâtir ici une église où beaucoup de pécheurs et de pécheresses se convertiront.* »

En 1669, la Sainte Vierge ajoutait : « *J'ai demandé le Laus à mon divin Fils pour la conversion des pécheurs, et il me l'a octroyé.* »

Le 25 décembre 1700, les anges descendus dans l'église du Laus chantaient : « *Béni soit le Père Eternel qui a choisi ce saint lieu pour la conversion des pécheurs.* »

Mais la prière étant, comme le disait la Reine du ciel à la pieuse Bergère, le moyen puissant d'amener les pécheurs à profiter des grâces dont le Laus a été établi la source, Monseigneur Blanchet, de regrettée mémoire, a voulu réunir, dans une même communauté d'intention, tous les cœurs qui s'intéressent au salut des âmes, en établissant *la Confrérie de Notre-Dame du Laus.*

Nous ferons sûrement plaisir à nos lecteurs en donnant ici les Statuts de cette confrérie, convaincu que tous, connaissant les facilités à en remplir les obligations, demanderont à apporter le concours de leurs prières et de leurs bonnes œuvres pour la conversion des pécheurs.

Statuts de la Confrérie

ARTICLE Iᵉʳ. — Une Confrérie en l'honneur de Notre-Dame du Laus, Refuge des pécheurs, est canoniquement instituée dans le Sanctuaire vénérable du Laus.

ART. II. — Pour répondre aux intentions de la Sainte Vierge à laquelle Notre-Seigneur Jésus-Christ a octroyé le Laus pour en faire un lieu privilégié de la conversion des pécheurs, tous les Associés diront chaque jour un *Ave. Maria*, suivi de l'invocation : *Notre-Dame du Laus. Refuge des pécheurs, priez pour nous.* (Une indulgence de 40 jours est attachée à la récitation de cette prière par Monseigneur l'Evêque de Gap.)

ART. III. — Chaque premier samedi du mois, une messe sera dite au Sanctuaire du Laus pour tous les Associés qui se feront un pieux devoir de s'y unir de cœur en assistant ce même jour, s'ils le peuvent, au saint sacrifice et en priant les uns pour les autres.

ART. IV. — Les Associés s'engagent à faire connaître et aimer Notre-Dame du Laus. Ils feront, quand il leur sera facile, un pieux pèlerinage à son Sanctuaire, qui, par un *indult du Saint-Siège*, jouit des mêmes indulgences que le sanctuaire auguste de Notre-Dame de Lorette.

ART. V. — Les Associés participeront au fruit des prières qui se font dans le Sanctuaire : *Memento* des messes, litanies de la Sainte Vierge et recommandations.

ART. VI. — Les Associés sont invités à faire, au jour de leur agrégation, une offrande pour l'entretien du Sanctuaire de Notre-Dame du Laus.

ART. VII. — Le R. Père Supérieur des Missionnaires du Laus est le directeur de la Confrérie.

Fait au Laus, en la fête du saint Archange Raphaël, le 24 octobre 1887.

† JEAN-ALPHONSE,
Evêque de Gap.

NOTA. — Les Associés qui font l'offrande indiquée à l'article VI sont considérés comme bienfaiteurs du Sanctuaire et jouissent dès lors, en plus, du bénéfice de douze autres messes, dites annuellement à l'intention des bienfaiteurs du Laus.

S'adresser, pour l'inscription dans la Confrérie, au R. Père Supérieur des Missionnaires de Notre-Dame du Laus (par Gap, Hautes-Alpes), ou au Secrétariat de l'Evêché de Gap.

INDULGENCES ATTACHÉES A LA VISITE

DU SANCTUAIRE DE N.-D. DU LAUS

Indulgences plénières aux fêtes de Noël, — la Circoncision, — l'Epiphanie, — Pâques, — l'Ascension, — la Pentecôte, — la Fête-Dieu, — l'Immaculée-Conception, — la Purification. — l'Annonciation, — l'Assomption, — la Nativité et la Décollation de saint Jean-Baptiste, — Saint Joseph, et chaque dimanche de Carême. (Rescrit de Pie VII, du 20 août 1820.)

Indulgences plénières à la fête de la Visitation et chaque dimanche du mois de mai. (Rescrit de Grégoire XVI, du 24 mai 1843.)

Indulgence plénière à l'anniversaire du Couronnement de la Vierge du Laus, le 23 août. (Rescrit de Pie IX, du 22 février 1856.)

Indulgence plénière de la Portioncule, le 2 août. (Rescrit de Pie IX, du 20 avril 1866.)

Indulgentia plenaria, quotidiana, perpetua, c'est-à-dire indulgence plénière accordée à chaque pèlerin, une fois l'an, au jour qu'il veut choisir. (Rescrit de Pie VII, du 30 août 1820, et de Pie IX.)

Indulgence de 7 ans et 7 quarantaines à la fête de la Présentation de la Sainte Vierge. (Pie VII, 30 août 1820.)

Indulgence de 40 jours accordée par l'Evêque de Gap à chaque visite faite au Sanctuaire.

Le Sanctuaire du Laus, comme ceux de Fourvières et de N.-D. des Victoires, est affilié à N.-D. de Lorette par lettre du 18 mai 1869.

En vertu de pouvoirs spéciaux, les Missionnaires du Laus agrègent aux Tiers-Ordres de Saint-François et de Saint-Dominique.

GRANDS CONCOURS & RETRAITES

AU LAUS

Peu de pèlerinages, au dire de tous les visiteurs, inspirent autant la piété. Ces lieux bénis ont conservé des apparitions de la Sainte Vierge pendant cinquante-quatre ans consécutifs un charme indéfinissable dont ne peuvent se défendre les plus incrédules. On peut s'y rendre par curiosité, on ne peut y demeurer sans être pénétré jusqu'au fond de l'âme, et quand on quitte le Laus, c'est toujours avec l'espoir d'y revenir.

Le Laus est visité toute l'année, même en hiver ; mais c'est depuis Pâques jusqu'à la mi-novembre qu'ont lieu les grands concours, et particulièrement aux fêtes de l'Annonciation, — de l'Ascension, — de l'Anniversaire du Couronnement de la Vierge du Laus (23 mai), — du Saint-Sacrement (le jeudi et le dimanche), — de saint Jean-Baptiste, — de saint Pierre et saint Paul, — de la Visitation, — des saints Abdon et Sennen, — de l'Assomption, — des 25 et 26 août, fêtes de l'Adoration perpétuelle, — de la Toussaint, — de l'Immaculée-Conception, — de Noël, — des Saints Innocents (anniversaire de la Sœur Benoîte) — et tous les dimanches de l'année.

Les plus grands concours ont été depuis l'origine du pèlerinage et sont encore, le dimanche et le lundi de la Pentecôte, le dimanche dans l'octave du Très Saint-Sacrement, les jours de l'Adoration perpétuelle et celui de la Nativité de la Très Sainte Vierge, fête patronale du Sanctuaire. Ces jours-là, on est souvent obligé de célébrer la sainte messe en plein air, devant le portail de l'église. L'autel alors est dressé sous un pavillon élégant construit à cette fin.

Un grand nombre de paroisses des Hautes et Basses-Alpes et des départements voisins ont la pieuse habitude de venir solennellement en procession au Laus, chaque année.

Mais ce qu'il y a de plus édifiant, ce sont les retraites générales prêchées, deux fois l'an, par les Missionnaires du diocèse, gardiens du Sanctuaire.

La première retraite s'ouvre le 20 août et se termine le 26, fête de l'Adoration perpétuelle. La seconde commence le 1ᵉʳ dimanche d'octobre et finit le 2ᵐᵉ. — Quatre instructions y sont données chaque jour aux retraitants.

Pendant les retraites et les grands concours, ainsi qu'à toute autre époque de l'année, les pèlerins sont logés : les hommes, dans le Couvent des Missionnaires, et les femmes, dans la Maison Sainte-Marie, desservie par les religieuses de Saint-Joseph. Les repas se prennent dans le grand réfectoire de l'hôtellerie du Couvent. Beaucoup de pèlerins sont reçus également chez les excellents habitants du village, et même, à défaut d'autre logement, la Bonne Mère leur offre de passer la nuit dans son église.

TABLE DES MATIÈRES

TABLE DES GRAVURES

GAP. — J.-C. RICHAUD, IMPR.-ÉDITEUR, RUE DE PROVENCE.